中华经典故事

红楼梦
故事

蒋芳仪 编著

中华书局

图书在版编目(CIP)数据

红楼梦故事 / 蒋芳仪编著 . —北京:中华书局,2012.2
(2012.5 重印)
(中华经典故事)
ISBN 978 – 7 – 101– 08354 – 5

Ⅰ.红… Ⅱ.蒋… Ⅲ.章回小说 —中国—清代—缩写
Ⅳ.I242.4

中国版本图书馆 CIP数据核字(2011)第 234694 号

书　　名　红楼梦故事

编 著 者　蒋芳仪

丛 书 名　中华经典故事

责任编辑　郭　妍

出版发行　中华书局

　　　　　(北京市丰台区太平桥西里 38 号　100073)

　　　　　http://www.zhbc.com.cn

　　　　　E-mail:zhbc@zhbc.com.cn

印　　刷　北京天来印务有限公司

版　　次　2012 年 2 月北京第 1 版

　　　　　2012 年 5 月北京第 2 次印刷

规　　格　开本/700×1000 毫米　1/16

　　　　　印张 13　插页 2　字数 85 千字

印　　数　8001–20000 册

国际书号　ISBN 978 – 7 – 101– 08354 – 5

定　　价　24.00 元

中华经典故事
出版说明

　　中华五千年文明，留下了许多脍炙人口的经典故事。女娲造人、刻舟求剑、苏武牧羊、美人计、新亭对泣、割发代首、毛遂自荐……这些故事穿越历史、代代相传、历久弥新，它们彰显着中华民族的传统美德，浓缩了许多做人、做事的道理和智慧，同时还是弘扬中华优秀传统文化、揭示纷繁历史变迁的窗口。为帮助当代读者了解中华五千年的辉煌，感受中华文化的博大精深，丰富积淀，陶冶情操，并引领大家由此阅读古代经典，中华书局推出"中华经典故事"丛书。

　　丛书精选中华故事中的经典篇章，在保留传统故事精髓的基础上，更加贴近当代读者的阅读需求，从而使读者更容易领悟经典故事所传达出的优秀传统文化精神内核。

　　故事内涵有提升。每个故事之后用简练的语言联系实际，进行解读，以唤起读者更多的思索，真正做到学以致用、古为今用。

　　故事后或附经典原文，让读者通览经典原貌，整体感知；或附"博闻馆"，链接与故事相关的其他故事或知识，拓宽思路，有助于更加全面地理解故事。

　　故事配图丰富新颖，力求趣味性和知识性并重。巧妙的配图文字，帮助大家轻松阅读，并开阔视野，从多角度扩展知识。

对于故事中的生僻字词均加注汉语拼音及注解，以帮助阅读和理解。

本套丛书由富有研究成果的专家学者协力创作，在此对所有参与编写的人员表示由衷感谢。

中华书局编辑部

2012 年 1 月

目　录

通灵玉转世下凡尘

故事要从女娲补天的时候说起了。

女娲来到大荒山的无稽崖，炼出三万六千五百零一块大石，每块石头的高度和面积都一样。女娲用这些石头修补天空，直到天恢复了原样。这时，正好用掉了三万六千五百块石头，剩下一块石头没用上，被丢弃在青埂峰下。

女娲用这些石头修补天空，直到天恢复了原样。

这块石头自经修炼之后，通了灵性，看别的石头都去补天了，自己没那个本事去，它又是惭愧又是郁闷，想起这事就哭。

有一天，石头又在唉声叹气时，远处来了一个和尚和一个道士。他们来到青埂峰下，便在那石头旁边席地而坐，高谈阔论。石头听他们说到那红尘之中种种富贵繁华，不由得动了凡心，便开口对和尚、道士说："大师，刚才二位谈到人世间的荣华富贵，弟子听了心里实在向往。看您二位相貌不凡，一定是好心的神仙，能不能也带弟子到那红尘中去，享一享那温柔富贵？要是能去，弟子永远忘不了你们的大恩！"

两位仙师听了这话，不由笑说："那红尘中虽然有些快活事，但毕竟不能永远享受。何况'美中不足，好事多磨'，总让人难以满足。再说了，就算是快活事，也可能乐极生悲，到头来总是一场美梦一场空，倒不如不去呢！"

石头哪里听得进去，只是一个劲儿地苦苦哀求。到后来，两位仙师只好叹息说："这也是命数啊，既然如此，我们就带你去享受享受，但若是不得意了，你可别后悔啊！"

石头说："自然，自然。"

和尚又说："虽说你通了灵性，但毕竟质地粗陋，垫脚还行，却算不得稀奇了。要不我帮你变化一番，将来从凡尘中回来时再变回原样，怎么样？"

石头听了，感谢不尽。和尚便念咒施法，将这块大石变成一枚扇坠大小的鲜明莹洁的美玉。和尚手中托着它笑说："看样子也是个宝物了，但还没有实在的好处。我再给你刻几个字，让人一看就知道是奇宝才好。然后，我就带你去那昌明隆盛的国家、诗礼簪缨的家族、花柳繁华的世界、温柔富贵的地方。"

石头高兴得不能自已，问："刻什么字啊？带弟子去哪里呢？"

和尚笑说："你先别问了，以后自然就明白了。"

说着，和尚便将石头放在袖中，和道士飘然而去。

这事传到天庭里，一株绛（jiàng）珠仙草听了也想跟着去。它本来生在西方灵河岸上的三生石畔，那时石头天天用甘露浇灌它，因此它才能活这么久。因为得天地之精华，它通了灵性，脱去草木外形，化成一个女孩子的模样，终日在离恨天游荡，饿了就吃蜜青果，渴了就喝灌愁海水。想到自己从未报答石头的灌溉之恩，她心里总觉得有些不安。听说石头下凡，她便也跟着下凡，想用自己一辈子的眼泪来还他，也算是感谢他了。

于是，凡间从此便多了几个多情的人。

石头降生在京城世家荣国府中，父亲叫贾政，母亲是王夫人。一出生，口中就衔着一块晶莹美玉，上面还刻着"通灵宝玉"等字样，便被唤为"宝玉"。家人都说稀奇，尤其是他的祖母史太君，爱他如珍宝一般。

他父亲却不喜欢他，因为抓周时，宝玉什么都不取，只抓些脂粉钗环来玩，因此被父亲看成未来的酒色之徒。说来也奇怪，宝玉从小就喜欢女孩，他说："女孩是水做的，男人是泥做的，我见了女孩就清爽，见了男人就觉得浊臭。"这些话传出去，人人都说他将来肯定是色鬼了，只有祖母把他当做命根子。

至于绛珠仙草，她却降生在姑苏兰台寺大夫林如海家里，母亲叫贾敏，正是贾政之妹。她乳名"黛玉"，又没有兄弟姐妹，因此被父母当儿子一样教养，读书识字，十分聪明。

【博闻馆】

《红楼梦》书名知多少

古往今来，任何一本书都没有《红楼梦》奇怪，它竟然拥有很多个书名！

《红楼梦》最初有五个书名，即《石头记》《情僧录》《红楼梦》《风月宝鉴》《金陵十二钗》。通过这部小说最早也是最重要的一位评论家脂砚斋的一系列批语，可以知道，脂砚斋本人更倾向于叫《石头记》，而且也一直以《石头记》称呼这部小说，这对于后世的红学研究影响巨大，甚至超越了曹雪芹本人确定的《金陵十二钗》的书名。因此，《红楼梦》这部小说的古本，不管版本如何繁多，其中差异多大，其书名，几乎都是以这部小说最早的名称《石头记》来命名的。

曹雪芹逝世后，无名氏续写后四十回，程伟元、高鹗进行了整理，以《红楼梦》为书名排版印刷，流传甚广，影响深远，因此《红楼梦》这个书名是最广为人知的。

除此之外，后期一些传抄者因为各种原因，还给这部奇书取了更多的名字，如《金玉缘》《大观琐录》《警幻情缘》等。

林黛玉别父进贾府

这年，贾敏过世，贾府的老太太怜惜黛玉，派了家人船只来接她。林如海便托黛玉的老师贾雨村送黛玉一块去，同时修书一封，向内兄贾政举荐贾雨村。

黛玉舍不得父亲，但林如海说："你年幼多病，去外祖母家，又有依靠，又有姐妹陪伴，我也放心，你怎么说不去呢?"

黛玉只好洒泪拜别父亲，去了京都。她想，母亲说外祖母家十分讲究，所以，自己一定要步步留心、时时在意，不能多说一句话、多行一步路，免得被人嘲笑。

垂花门，即中门，由此进入内宅，抬轿子的小厮到此就止步了。

到了荣国府，正门不开，黛玉的轿子从西边角门进去，又进了一个垂花门才下轿进了正房大院。屋外几个丫鬟争着给她打帘子，报："林姑娘来了。"

这时，一位满头银发的老太太由两个人搀着迎上来，抱住了黛玉哭，叫她"心肝儿肉"。黛玉也哭个不停，她知道这便是外祖母了。旁人慢慢劝解，两人才止住眼泪。贾母便让她拜见各位长辈：大舅母邢夫人、二舅母王夫人、大嫂李纨（wán）。

见过长辈，黛玉又和三位姐妹相见。二姐姐迎春温柔可亲，三妹妹探春神彩飞扬，四妹妹惜春稚气未脱。

众人见黛玉的样子，知道她身体虚弱，问她吃什么药。黛玉回答说："我从会吃饭时就开始吃药，一直未断，请了多少名医都没用。那年我三岁，来了一个癞（lài）头和尚要化我出家，我父母不依，他就说：'你们舍不得她，那她的病一辈子也不能好了。若真的要好，除非以后都不哭，也不见外姓亲友，才能平安一生。'疯疯癫癫说了这些，也没人理他。我现在还是吃人参养荣丸。"

贾母说："正好，我这里正配丸药呢，让他们多配一料就是了。"

正说着，院子里有人笑道："我来迟了，不曾迎接远客！"

黛玉心中奇怪，大家都这么有礼，谁这么放肆呢？正想着，一群丫鬟媳妇围着一个容貌出众、面露喜色的女子进来，原来是大舅贾赦（shè）之子贾琏（lián）的媳妇王熙凤，贾母喜欢她漂亮爱说笑，叫她"凤辣子"。

王熙凤打量黛玉一番，说："天下有这么标致的人物，我算是见识了，这通身的气派，不像老祖宗的外孙女，竟是个嫡（dí）亲的孙女，怪不得老祖宗老挂着她。只可怜我这妹妹这样命苦，怎么姑妈偏就去世了!"一边说，一边用手帕拭泪。这里贾母说别哭了，熙凤马上又转悲为喜，帮黛玉张罗行李下人的事儿，还说给黛玉预备了裁衣裳的缎子。

吃过茶果，贾母让黛玉去拜见舅舅。去了之后，贾赦说身体不好，贾政又斋戒去了，因此黛玉并未见着。

王夫人嘱咐她说："你几个姐妹挺好，都好相处。我只是不放心我的那个儿子，他可是个混世魔王，你别理他，这些姐妹也都不理他的。"

黛玉正答应着，贾母那边打发人叫她们去吃晚饭了。吃饭时都没有人敢说话，漱口喝茶也有一定的规矩。黛玉留心看别人怎么做，她便怎么做。吃完饭后大家说闲话，却听到丫鬟进来笑说："宝玉来了!"

黛玉正想宝玉是个什么顽皮人物呢，却看见进来一位年轻的公子，眉目如画，顾盼多情，就算生气的时候也像在笑，脖子上还挂着一块美玉。黛玉一看就大吃了一惊："好生奇怪，倒像在哪里见过一般，怎么如此眼熟?"

宝玉眼中的黛玉也与众不同：她眉尖若蹙（cù），双目含情，袅娜娇弱。宝玉笑说："这个妹妹我见过!"

贾母说他胡说，宝玉却说看着面善，像是久别重逢。贾母十分高兴，说他们更和睦了。

宝玉问长问短，送黛玉表字"颦颦（pín）"，又问黛玉："你有玉吗?"

　　黛玉便说："我没有，你的玉是个稀罕东西，怎么能人人都有呢？"

　　宝玉听了，发起狂来，摘下玉狠命摔去，说："什么稀罕东西，连人的高低都不能分辨，还通灵呢，我也不要它了！"

　　众人吓得去拾，贾母又搂着他说："你生气打人都行，别摔那个命根子啊！"

　　宝玉说："家里姐妹都没有，就我有，我说没趣。现在来了个神仙似的妹妹也没有，可见不是个好东西！"

　　贾母便骗他说黛玉也有玉，后来给母亲殉葬去了，宝玉才作罢。

　　于是贾母便把黛玉安排在碧纱橱里，把宝玉挪出来和自己住。宝玉执意要在碧纱橱外住着，贾母便依了他。

　　当晚，黛玉默默垂泪，想着自己才来就惹出宝玉的狂病来，又担心那玉摔坏了，因此心中纠结。

　　宝玉的丫头袭人就过来劝她："为了这么点事就伤心，那以后你伤心的事就多了。"

　　没想到，这句劝解的话却成了真。

【博闻馆】

林妹妹为何走角门进贾府？

　　林黛玉辞别父亲，去了外祖母家，入府时不走正门，却进了"西边角门"。"角门"指旁门、侧门、小门，总之不是正门。林黛玉是十分受贾母重视和疼爱的外孙女，为什么初入贾府，只落得进"西边角门"的待遇呢？

　　原来，"门"不仅是人们进出的通道，也体现着封建时代的尊卑等级制度。所以有"名门""门第""豪门""门当户对"等习语产生。贵客来临,主人才开正门迎接。一般的客人,只能从房屋的侧门进入。林黛玉是晚辈,按礼仪只能从角门入府,而更为卑微之人则要从后门进出了。所以,刘姥姥第一次进荣国府时,"蹭到角门前"却不得入内,只好"绕到后门上"。

葫芦僧乱判葫芦案

因为送黛玉，贾雨村便有了机会拜见贾政。贾政见雨村言谈不俗，加上又有妹丈的举荐，便极力帮助他，不久雨村就任职于金陵应天府。

刚一上任，雨村便遇上了一桩人命官司：两家争买一个丫鬟，互不相让，结果一方被打伤致死。凶犯薛蟠（pán）买了丫鬟就一走了之，被打的冯家告了一年也没人做主。

雨村一听大怒，就要差人去捉拿薛蟠，忽然旁边一个门子使眼色阻止他。雨村看门子十分眼熟，起了疑心，便退堂去了密室，只令门子服侍。两人一说话，原来真是老相识——当初雨村落魄寄居姑苏城葫芦庙时，这门子是庙里的一个小沙弥。

门子抽出一张"护官符"告诉雨村，这上面写着本地最有权势的家族，如果触犯了这些人家，不但官爵保不住，连命都顾不得了。雨村展开一看，上面写着：

贾不假，白玉为堂金作马。

阿房宫，三百里，住不下金陵一个史。

东海缺少白玉床，龙王来请金陵王。

丰年好大雪，珍珠如土金如铁。

门子说："这是贾、史、王、薛四大家族，四家连络有亲，一损皆损，一荣俱荣，互相都有照应。今天这薛蟠，就是'丰年大雪'之'雪'，贾府王夫人的妹妹就是薛蟠之母！其实这案子并不难审，主要是碍于情面啊。"

雨村听了，笑问："看来你十分清楚案情啊？"

门子笑道："禀告老爷，被打死的冯渊是本地小乡绅之子，偶然见这丫头，便一见钟情，立誓娶来做妾，再不要第二个了。因慎重起见，三日后才过门，不料拐子趁机又将丫头卖给薛家，想卷了银子逃跑。结果两家互不相让，这薛蟠就叫手下的人将冯渊打伤，回家三日后就死了。薛蟠像没事人一样走了，只叫下人在此料理。"

说到这里，门子话锋一转："老爷，你可知这被卖的丫头又是谁？"

这话问得没头没脑，雨村如何知道呢？

门子冷笑道："说到这丫头，还是老爷您的恩人甄（zhēn）士隐的女儿呢！"

甄士隐是葫芦庙隔壁的乡宦，当年正是他资助雨村上京赶考，才慢慢有了雨村的今天。后来甄士隐家中败落后出家，爱女英莲也走失了，雨村那时已经是县太爷了，还曾许诺甄家娘子一定要帮忙找到英莲呢。

英莲五岁被拐，长大后美丽了许多，但大致没怎么变，尤其是她眉心有一颗米粒大的胭脂痣胎记，门子一看就认出来了。不过英莲自己却说不记得小时候的事了。

门子又说："本来冯相公人品家世都不错，英莲以为从此可以享福了。不料却遇上这样的事，反被薛蟠得了去，这薛蟠外号'呆霸王'，真不知她以后怎么办了！"

贾雨村听了门子的话，也叹道："这都是命，孽缘啊！

不过我们今天先说官司，怎么办？"

门子道："我听说老爷是贾府帮忙才升任的，如今薛蟠也是贾家亲戚，不如做个顺水人情，了结此案。老爷您在堂上只管发签拿人，那边让薛家报个暴病身亡，请人担保。老爷您又自称善能扶鸾（luán）请仙，在堂上设下乩（jī）堂，令军民人等只管来看。就说神仙说了，死者追索，薛蟠因而暴死，二者是孽缘。再让拐子也如此招认，这样就行了。说实话，冯家也没什么人了，告薛蟠无非是为了钱，薛家有的是钱，出点烧埋银子就行了。"

贾雨村口中笑道："不妥不妥，我怎么能这么做呢？我再想想吧。"

第二天升堂，贾雨村果然按门子所说的徇情枉法，胡乱了结此案，然后修书给薛王两家，说已"办理妥当，不必过虑"等。因为这件事都是门子指使的，贾雨村担心他说出自己当年贫贱的事来，心里总有点疙瘩，便找了个罪状，把门子远远地发配了。

【博闻馆】

什么叫"扶鸾"？

"扶鸾"又名"扶乩"，是一种迷信活动。一般多将木制的丁字架放在沙盘上，由两人各持一端，装作依法请神，木架的下垂部分就会在沙上画字，作为神的启示，借以骗人。这种活动之所以叫"扶鸾"，是因为传说中神仙驾临时都会乘凤驾鸾（传说中凤凰一类的鸟）。

贾宝玉梦游太虚境

这边雨村庇护，那边薛蟠逍遥起身，已经带着母亲、妹妹和家人们去了京都，在贾府的梨香院住了下来。薛家女儿宝钗因此进入贾府，与各位姐妹家人都相处愉快。

唯有黛玉心中抑郁不忿，原本贾母爱她胜过亲孙女，宝玉待她也格外亲密，一切顺心顺意。现在来了个宝钗，品貌俱佳，而且为人随和，很多人都说黛玉比不上她。不知为什么，宝钗来了以后，黛玉和宝玉常常发生口角，当然，每次都是宝玉迁就她。

这天宁国府梅花盛开，贾珍之妻尤氏准备了酒宴，请贾府人赏花。吃了茶酒，宝玉有些困倦，尤氏的儿媳妇秦氏便安排他在上房午休。房间虽然华丽，偏偏挂了幅《燃藜(lí)图》，再加上"世事洞明皆学问，人情练达即文章"的对联，宝玉断然要出去。秦氏无法，只能带他去自己的房间。她的房间暖艳如春，宝玉十分喜欢，便在这里睡下了。秦氏让几个丫鬟给他做伴，其他人就散去了。

宝玉刚入睡，便似乎跟着秦氏去了一个地方，还听到一阵歌声，唱歌的人竟然是个天下无双的美丽仙姑。宝玉向仙姑作揖，问："神仙姐姐从哪里来，到哪里去？这里是什么地方？"

仙姑笑道："我是太虚幻境的警幻仙姑，掌管人间男女情爱之事，你我有缘，我带你去我那太虚幻境吧？"

仙姑带宝玉来到太虚幻境

宝玉懵（měng）懂间便跟警幻去了，看到一个写着"太虚幻境"的牌坊，两边对联写着："假作真时真亦假，无为有处有还无。"转过牌坊，便进了一座宫门，两边的配殿都有匾额对联，有几处写的是："痴情司""结怨司""朝啼司""夜怨司""春感司""秋悲司"。

警幻告诉他，这些"司"中藏着普天下所有女子的命运，凡人不能看。宝玉再三恳求，警幻无奈，只好让他在"薄命司"里随便看看。宝玉赶紧去找自己家乡的，先看到一个橱上写着"金陵十二钗正册"。警幻道："她们是金陵冠首的十二个女子。天下女子虽多，也只能择其要者记录，两边橱内的次之，庸常者就没有记录了。"

果然，宝玉看到旁边的二橱上写着"金陵十二钗副册"，又一个写着"金陵十二钗又副册"。他从"又副册"和"副册"的橱里各取了一本册子翻看，只见上面有些图画言词，都看不懂。他便去取"正册"看，只见头一页上便画着两株枯木，木上悬着一围玉带，又有一堆雪，雪下一

股金簪。写着四句话:

可叹停机德,谁怜咏絮才;玉带林中挂,金簪雪里埋。

宝玉看了不解,又知道警幻肯定不会告诉他,便继续看后面的,还是画着各种事物,有弓、香橼(yuán)、哭泣的女子、飞云逝水,有美玉掉在污泥里,有饿狼扑向美女,有美人在古庙里独坐看经书,还有冰山上的雌凤,也有美人在村野纺织,有兰花与凤冠霞帔(pèi)的美人,也有悬梁自尽的美人,等等。

仙姑知道他很有天分,生怕泄露了仙机,便赶紧带他出去游玩。结果几个仙子见了宝玉说:"我们以为绛珠妹妹来了,怎么是这浊物?"

警幻说:"你们不知道,本来我是要去接绛珠的,偏偏在宁府遇见宁荣二公的灵魂,说这宝玉天生灵慧,是家族的希望,嘱咐我带他去经历情欲声色,希望他将来能因此跳出迷圈,进入正轨。"

果然,警幻带宝玉焚"群芳髓"之香,品"千红一窟"之茶,喝"万艳同杯"之酒,都是仙境美物,不同凡俗,令宝玉称赏羡慕不已。唯有十二支"红楼梦"曲却让宝玉觉得味同嚼蜡,只想睡觉,警幻不由叹息说:"这痴孩子,还是没有领悟啊!"

撤去残席,警幻送宝玉到一个华丽香闺之中,房中竟有一美丽女子,艳媚似宝钗,袅娜如黛玉。宝玉正奇怪,警幻说:"我之所以喜欢你,是因为你是古今第一淫人!"

宝玉吓得回答说:"我虽然不爱读书,但父母教诲却谨记在心,绝不敢'淫',何况不知道什么是'淫'啊!"

警幻说："我说的'淫'是指'意淫'，比如你，天然生成一段痴情，是女孩们的朋友，绝不是那些好色之徒。可是也不能为了我们闺阁增光而丢了你的前途啊！所以我带你经历仙境饮食妙曲，又把妹妹可卿许配给你，让你知道仙境的享受也不过如此，何况凡尘呢？快快领悟了，改了从前的习气，从此留意孔孟经济之道吧。"

宝玉便按警幻的嘱咐和可卿缠绵起来，第二天两人又去游玩，路遇迷津，突然间迷津水响如雷，宝玉被许多夜叉拖了下去，吓得大叫："可卿救我！"众丫鬟赶紧安慰他说："别怕，我们在这里。"

这时秦氏正在屋外安排小丫头们呢，听到宝玉呼唤，不禁奇怪："我的小名这里从来没人知道，他怎么知道，还在梦里叫出来？"

【博闻馆】

宝玉为什么不喜欢《燃藜图》？

《燃藜图》又称《杖藜图》，晋王嘉《拾遗记》里曾记载了刘向夜读无灯，有老人吹燃杖端，教给他《洪范五行》之文的故事。因此，这是一幅鼓励人们勤学苦读的画。而文中的对联与画相辅相成，都是劝学"仕途经济"的。贾府希望贾宝玉光宗耀祖，宝玉却是封建家庭的叛逆者，"潦倒不通庶（shù）务，愚顽怕读文章，行为偏僻性乖张，那管世人诽谤"！也因此，他对于劝人勤学的《燃藜图》和劝人学"仕途经济"的格言对联十分痛恨，在这华丽的上房里一刻也不想待了。

刘姥姥一进荣国府

秋尽冬初，天冷起来了。这一天天还没亮，一老一少正在赶往贾府的路上。这老的叫刘姥姥，小的是她的外孙板儿，他们本是贫寒人家，说起来竟与贾府有些瓜葛。原来刘姥姥的女婿叫王狗儿，虽说现在落魄，其祖上却也曾做过小小的京官，还与王夫人之父连过宗，算是王家的一门远亲。

天冷了，穷人家的日子最难过，刘姥姥和女儿女婿一合计，便带着板儿往贾府跑一趟，希望能得些好处。可是，侯门似海，刘姥姥如何进得了贾府的门呢？到了荣府大门前，刘姥姥当然不敢进，蹭到角门打听周瑞，又受了一番戏弄，最后一个老下人告诉她去后街后门上找。刘姥姥果然去问人，原来周瑞并不在家，便找到周瑞的妻子。

周瑞妻子一见刘姥姥，说些闲话，便猜到了几分来意。那年她丈夫周瑞争买田地，多亏了狗儿帮忙，这次刘姥姥来了，她也不好拒绝。再则，她也想显摆显摆自己的体面。

这样想着，她便对刘姥姥说："姥姥，平日我只管跟太太奶奶们出门的事，今天你老投奔我来了，拿我当个人，又是太太的亲戚，我就破个例，给你报个信去！只是呢，现在太太不怎么管事了，都是琏二奶奶管家呢，来了客也是她接待，今天定得见见她了。"

刘姥姥道："阿弥陀佛！全仗嫂子方便了。"

周瑞妻子先将这事告诉了凤姐的心腹大丫头平儿，平儿听了，做主让进来坐着等凤姐。周瑞妻子便带着刘姥姥两个进了凤姐的住所。一进屋，刘姥姥只觉香气扑鼻，整个人如在云端，满屋子宝光闪耀，让她头昏眼花的。见了平儿，刘姥姥看她花容月貌，穿戴精致，以为是凤姐了，结果周瑞妻子告诉她说："这是平姑娘。"她才知道不过是个有些体面的丫头。平姑娘便让她和板儿坐着喝茶。

正喝着茶，刘姥姥听到咯当咯当的响声，好像打箩罗筛面一般，又见堂屋柱子上挂着个匣子，底下坠着个秤砣般的东西，不住地乱晃，她纳闷了半天，实在想不出是什么好东西。

这时听得人回来了，周瑞妻子和平儿便迎出去，跟凤姐说明事情。一会儿，周瑞妻子笑嘻嘻地过来带刘姥姥两个去凤姐那屋里。

见了凤姐，刘姥姥赶紧拜了几拜给她请安，凤姐赶忙让人搀起刘姥姥，又是春风满面地问好，又叫人抓果子给板儿吃，还笑说："亲戚们不走动，都疏远了，知道的说是你们嫌弃我们不肯来，不知道的还以为我们看不起人呢。"

刘姥姥忙念佛说："不是不肯来，是家里艰难走不起啊。"

凤姐又笑："谁家不是呢，还不是个旧日的空架子，俗话说'朝廷还有三门子穷亲'呢，何况你我。"说着又让周瑞妻子去回太太。周瑞妻子去了回来说："太太今日忙，让二奶奶陪着，有什么话跟二奶奶说是一样的。"

刘姥姥来这一趟，本为了打抽丰，但是这口也难开啊，她羞红了脸说："论理，初次见姑奶奶不该说这话，只是家里连吃的都没有，今日只好带你侄儿奔了你老来……"说着又推板儿说："你爹怎么教你来的，打发咱们来做啥事？就知道吃！"

凤姐心里明白，忙笑着止住她说："不必说了，我都知道了。"

这样说着，又命人传饭让刘姥姥两个去吃饭。等他们吃过饭，凤姐让他们坐下说："亲戚之间，原该不等上门就有照应才是，只是家事繁忙，太太上了年纪，一时想不到也是有的。再则我也年轻，有些亲戚不太认识了。你不知道，我们家看着轰轰烈烈，其实难处也多，恐怕你也不信。今天你大老远来了，又是头一次开口，怎么好叫你空手回去呢？可巧昨儿太太给我丫头们做衣裳的二十两银子还没动呢，若不嫌少，你先拿了去罢？"

刘姥姥一开始听凤姐告艰难，以为没戏了，后来又说给她二十两，高兴得眉开眼笑，说："瘦死的骆驼比马大，再怎样，你老拔根汗毛，比我们的腰还粗呢！"

清代五两银锭一枚

凤姐让平儿把银子拿来，又给一串钱让刘姥姥坐车回去，跟她客套几句，让她以后常来家里玩。刘姥姥千恩万谢地接了银子，跟着周瑞妻子仍从后门出去了。

【博闻馆】

"抽丰"怎么打？

"打抽丰"，又叫"打秋风"，意谓"因人丰富而抽索之"，指利用各种关系向人索取财物的一种社会现象。古往今来的"打抽丰"，名目不一，方式繁多。刘姥姥这次进贾府，就是典型的"打抽丰"。

比通灵宝钗现金锁

这几天宝钗病了，宝玉虽然已经打发人去问候，却尚未亲自看望。这天，他便来到梨香院。先去薛姨妈房中请安，薛姨妈一把拉住他，抱在怀内说："这么冷的天，难得你想着来。"让宝玉在炕上坐，又叫人倒滚烫的茶来。宝玉便问薛蟠，薛蟠又不在家，然后再问宝钗。薛姨妈便让宝玉去里间找宝钗。宝玉忙进了里间，原来宝钗在炕上做针线活呢。

宝钗穿着淡雅，也没有化妆，但唇不点而红，眉不画而翠，十分明艳。宝玉一边打量着，一边问好请安。宝钗含笑答谢，命丫鬟莺儿赶紧倒茶，又问长辈和姐妹们的好。一边说着，她一眼看到宝玉挂着的那块玉，便挪近来说："总听说你的这玉，始终没有细细赏鉴，我今儿想看看。"

宝玉便将玉摘下来递给宝钗。宝钗托在掌中，只见这玉大如雀卵，灿若明霞，莹润如酥，五色花纹缠护——这便是那青埂峰下的顽石幻相了。细看，玉上还有许多字迹，正面刻着"莫失莫忘，仙寿恒昌"，背面则刻着"一除邪祟二疗冤疾三知祸福"。

听宝钗念着玉石正面的字儿，丫鬟莺儿笑道："这跟姑娘金锁上的两句话是一对儿呢！"宝玉听了，闹着要看，宝钗没办法，只好将挂在大红袄里的金锁掏出来给宝玉看，果然也有八个字："不离不弃，芳龄永继。"宝玉念了几遍，笑道："姐姐这八个字跟我的真是一对。"

不離不棄　音註云　　　芳齡永繼　音註云

宝玉念了几遍，笑道："姐姐这八个字跟我的真是一对。"

莺儿笑道："字是个癞头和尚送的，说必须雕刻在金器上……"

话没说完，宝钗就让她去倒茶，又跟宝玉闲聊。宝玉跟她坐得近，闻到一阵阵凉森森甜丝丝的幽香，这香味他从未闻过，便问宝钗。宝钗想了想："是了，那是我早上吃的冷香丸的香气！"宝玉听说，便央求宝钗给他一丸尝尝。

正说着，忽听人说："林姑娘来了。"林黛玉穿着大红羽缎褂子走了进来，一见宝玉就说："我来得不巧了！"宝钗笑问："这话怎么说？"

黛玉笑道："早知他来，我就不来了。你想，今儿他来了，明儿我再来，如此间错开来，岂不天天有人来了？"

这里三个人说话，那里薛姨妈便安排妥当，留宝黛两人喝茶吃饭。宝玉看桌上有鹅掌鸭信，便说要喝酒。薛姨妈赶紧令人灌最上等的酒来，又让人去烫酒，宝玉等不及，说就爱喝冷的。宝钗听了，便笑着劝他说："酒性最热，热喝下去，发散得就快。若冷喝下去，便凝结在内，以五脏去暖它，岂不是对身体不好？"宝玉觉得有理，便不喝冷的了。

正巧黛玉的小丫鬟雪雁来给黛玉送小手炉，黛玉便问她："谁让你送来的？难为她费心！"雪雁说："紫鹃姐姐怕姑娘冷，让我送来的。"黛玉接了手炉，又笑说："也亏你倒听她的话，我平日和你说的，全当耳旁风，怎么她说了你就依，比圣旨还快些！"

宝玉听了这话，知道黛玉借此奚落他，也没话可回，嘻嘻笑一阵罢了。

奶妈李嬷嬷看他喝得多了，前来劝阻，又搬出贾政来压他，宝玉不由得很不自在。黛玉便说："你这妈妈也是，往常老太太也让他喝的，怎么到姨妈这里就不能喝了？难道姨妈是外人吗？"李嬷嬷听了又急又笑说："林姐儿的一句话，比刀子还尖！"宝钗也忍不住笑着拧了黛玉腮上一把，说："颦丫头的一张嘴，叫人恨又不是，喜欢又不是。"

薛姨妈忙护着宝玉，说有她在呢，放心喝吧。于是宝玉又高兴起来，连喝了几杯才罢。这里大家吃过饭，宝玉黛玉便告辞了。

雪夜回家，黛玉亲自帮宝玉戴好大红猩猩斗笠，看他披上斗篷，才带着丫头们与他一同回到贾母房中。虽未同来，却是同去，二人十分融洽。

【博闻馆】

贾府的日常活动为什么在炕上？

《红楼梦》中很多活动都在炕上进行：吃饭、饮酒、习字、做针线活、闲坐聊天……这是为什么呢？

炕，又称火炕。北方的冬天十分寒冷，人们便发明了火炕，用以取暖。火炕往往占据房中的大部分空间，是人们许多日常活动的场所。书中并没有明示京都究竟在哪里，后人考证也说法不一，但字里行间透露出北方人们的生活习俗，众多活动在炕上进行也就不足为奇了。

不仅炕的使用相当普遍，就连与炕相关的礼仪规范也渐渐兴盛起来。古人以炕上为尊，地下为卑，炕上则东尊西卑。而且，就连夜间睡觉的细节也是有所规定的。夜卧以南为尊，西次之，北为卑。贾琏乳母执意不肯上炕，只是在脚踏上坐了；平儿陪凤姐吃饭时"一膝于炕沿之上，半身犹立于炕下"，也正是这个道理。

王熙凤协理宁国府

这年冬末某夜，二门上用于传事的云板连叩四下，凤姐顿时从梦中惊醒，吓出一身冷汗，果然听见有人报丧："东府蓉大奶奶没（mò）了。"

这秦氏是宁府长孙媳妇，消息传出去，贾家各亲朋都来吊唁（yàn），宁国府街上一条白漫漫人来人往。

贾珍最疼媳妇，别人问他如何办理后事，他竟然说："倾尽我所有罢！"果然，他为秦氏置办了亲王才能享用的棺木，又给儿子贾蓉捐了官，为的是写在灵幡（fān）经榜上好看，又将外面的事情安排妥当。但仍有些事令他烦忧，原来，尤氏旧病复发，无法料理家务，前来吊唁的女眷也无人接待，内府乱了套。

宝玉见贾珍发愁，灵机一动，让他求王夫人派凤姐过来帮忙。王夫人见贾珍身体不好，又苦苦哀求，便答应了。于是这段时间，凤姐便同时管理起宁荣二府的家务来。

之前，因为秦氏尤氏为人温和，所以丫鬟婆子都有些懒散，现在听说凤姐要来管他们了，多少有些忌惮。

果然，凤姐第一天来就给了他们一个下马威，说："我可比不得你们奶奶性格好，由着你们去。再不要说'这府里原是这样'的话，如今可要依着我行，有半点儿差错，不管是谁，马上处置。"

说着让彩明念花名册，让下人们一个个进来安排："这二十个分作两班，管客人来往倒茶；这二十个也分作两班，管本家亲戚斋饭；这四十个人分作两班……"

——安排到位后，她又说："每个人管好自己的事，也看好自己该管的东西，什么没办好，或者东西丢了坏了，就找你们算账。管家给我检查，如果有偷懒、赌钱、吃酒、吵架的，都来告诉我，经我查出，就别怪我不给你们脸了。另外，无论大小事，我都有规定的时辰，你们也看着上房的时辰钟办事吧。大家辛苦了，事完了，你们家大爷自然赏你们的。"

说完，她便吩咐手下发放各种物品，一边交发，一边登记，十分清楚。这一下宁府的人都各司其职，十分整肃，各房再没丢失东西，客人来了也招待得十分周到，其他偷懒、偷窃的事情都没有了。

寺庙也用云板，早课或是中午饭前击打，以此召集众人。

凤姐见自己威重令行，心中十分得意，每天不畏辛劳，天天卯正二刻就过来理事，独在抱厦内起坐，不与众妯娌合群，即使有堂客来往，也不迎会。

这日是头七正五日上，客人不少，凤姐带着手下来到宁府吊唁之后，便去抱厦内理事，按名查点。这天人人到齐，就只有迎送亲客的一人迟到了，凤姐便冷笑道："原来是你误了，你比别人有体面，所以不听我的话？"那人惶恐地回答："小的天天都来得早，只有今儿，醒了觉得早些，又睡迷了，来迟了一步，求奶奶饶过这次。"

凤姐且不理她，先办理其他事务，最后才说道："明儿他也睡迷了，后儿我也睡迷了，将来都没了人了。本来要饶你，只是我头一次宽了，下次人就难管了！"登时放下脸来，喝命："带出去，打二十板子，革去她一月的钱米！"

可怜这人挨了板子，还要进来叩谢。凤姐道："明日再有误的，打四十，后日的六十，有想挨打的，只管误！"

这一下，众人更加知道了厉害，再也不敢偷闲，自此兢兢业业，不在话下。

两府事务繁多，忙得凤姐茶饭无心，找她禀告的人数不胜数。刚到宁府，荣府的人跟着；才回到荣府，宁府的人又跟着。虽然如此，凤姐还是筹划得十分妥帖，合族上下无不称叹。

不久送殡之日到了，各路皇亲贵官都派人前来送殡，大小车轿，各色执事，队伍浩荡，压地银山一般，足有三四里远。连北静王来路祭，也执意给送殡队伍让路。一直送到铁槛寺，另演佛事，重设香坛，停灵于内殿中。晌午过后很久，多数人才回去了，只有几个近亲本族，又做了三日道场才离去。

贾府这桩丧事可以说办得风光无限。

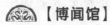【博闻馆】

云板连叩四下

为什么云板连叩四下，王熙凤会从梦中惊醒，吓出一身冷汗呢？

原来，云板是一种铁铸厚板，通常做成云形，敲击可发出声音，是旧时官署或贵族大家庭用来报事、集众的信号。旧日习俗中，祭神和其他吉礼，叩头、祭品常用"三"数，而丧礼则用"四"，所以有"神三鬼四"之说。云板连敲四下，正是报丧的信号，所以王熙凤被吓出了一身冷汗。

大观园宝玉初展才

这 天宫中传来消息，大小姐贾元春晋封为凤藻宫尚书，加封贤德妃。不久，皇上又准了元妃回家省（xǐng）亲，贾府更觉面上有了光彩，便盖起省亲别院来。

盖好后，贾政带众清客前来游玩，恰好撞见宝玉在园中玩耍，便让他随往。

新园正门处格调高雅，不落富丽俗套，开门后，迎面一山，将园中景物遮住。众人进了山口，忽见白石一方，正是留题处。宝玉说：“这里是供我们进一步探景的，不如用‘曲径通幽处’这句古诗，倒还大方气派！”

北京大观园的沁芳亭

说着，众人进到一个石洞，只见流水从花木深处曲折而出，在石缝中泻下。水面上有一座桥，桥上有个亭子。有人说叫"翼然"，有人说叫"泻玉"，都是出自欧阳修《醉翁亭记》里的典故，宝玉便道："'泻玉'未免粗俗，不如'沁芳'新雅。"

贾政拈（niān）须点头，叫宝玉再作一副对联。宝玉四顾一望，便念道："绕堤柳借三篙翠，隔岸花分一脉香。"贾政听了点头微笑，众人更是称赞不已。

继续观赏，行到一处，这里房屋精致，小径清幽，更有千百翠竹遮映，令人忘俗。贾政说："如能在这里月夜读书，不枉一生了！"宝玉听了这话，吓得低了头。至于这里题什么好，宝玉回答说："有凤来仪！"众人都称妙，只有贾政说不好。

又有一处，修成田舍模样，几座茅屋，屋外种着杏花桑榆，地里又种着蔬菜，与众不同。贾政说："这地方倒勾起我的归农之意了！"众人说："这里简直就是'杏花村'！"

宝玉却说："'杏花村'未免俗陋，古人有诗云'柴门临水稻花香'，何不用'稻香村'呢？"贾政听他也不谦虚，喝道："无知的东西，也敢在老先生面前卖弄！"

说着，走进房中一看，这里毫无富贵气，贾政心中喜欢，问宝玉说："你觉得这地方怎么样？"宝玉明知父亲喜欢，却偏说远不及"有凤来仪"。

贾政说："你不读书，喜欢富丽，哪知道清幽气象呢！"宝玉说："这附近既没有村庄，又没有城郭，突然一座田庄，十分不自然，不像'有凤来仪'顺应原有地势，天然风韵……"

还没说完，贾政已经气得让他出去，刚走到外面，又喝命："回来！"

众人继续游玩，只见一所清凉瓦舍，主山竟然穿墙而过。贾政道："这处房子没什么趣味。"话音刚落，已进了门，迎面一座巨大石山，山上堆砌玲珑石块，许多藤蔓香草从石山上垂落下来，异香扑鼻。"这一处真有意外之趣，可惜这些草都不认得啊！"贾政说。

宝玉便告诉他说："这是藤萝薜（bì）荔，这是杜若蘅芜，红的自然是紫芸，绿的定是青芷……"还没说完，贾政喝道："谁问你来着？"吓得宝玉倒退几步，不敢再说。

至于这里该题什么匾额对联，众说纷纭，贾政沉吟不决，忽见宝玉不敢说话，又喝道："该你说话怎么又不说了？难道还等人来请你吗？"

宝玉只好说："匾额题'蘅芷清芬'，对联则是'吟成豆蔻诗犹艳，睡足荼蘼（tú mí）梦也香'。"贾政笑说："这是套用了'书成蕉叶文犹绿'，不足为奇。"清客们却说："李太白'凤凰台'之作，全套'黄鹤楼'，反而更妙，方才这一联比'书成蕉叶'更显得幽雅活泼了。"这马屁拍得贾政都笑了："岂有此理！"

终于到了正殿，只见这里巍峨辉煌，与别处不同。宝玉见了，心中一动，总觉得在哪里见过，却怎么也想不起来了。贾政让他题匾额，他却茫然不应，清客们赶紧岔开："罢了，明日再题吧。"

于是大家离开这里，绕过碧桃花，过了一个竹篱花障编成的月洞门。这处房舍结构巧妙，四面墙壁都是雕空的玲珑木板，各种陈饰都与墙相平，十分精致。又转过一架大玻璃镜，从后院出去，到山脚一转，再走一段，就到了大门。

众人笑说："有趣，有趣，真是巧夺天工啊！"

贾政又喝宝玉说："你还没玩够？老太太白想着你了！"宝玉巴不得父亲说这句话，赶紧回到了贾母身边。贾母见他来了，知道他这次表现出色，贾政也没为难他，心里十分欢喜。

【博闻馆】

归农

归农，类同"归田"，指辞官回乡。清朝袁枚在《随园诗话》里说过，士大夫热衷做官，本来也很正常，偏偏满口说"归"，都成了习惯了，其实很讨人厌。贾政说想归农，宝玉却搬出"天然论"来，多少有点针锋相对的意思。

贾元春归省庆元宵

园子建好后，贾府又日日忙乱，连年也没过好，终于在元宵节之前准备完毕。

元宵那天五鼓，自贾母等有贵族封号的人都按品服大妆，出门静候，却长久不见佳人到来。原来元妃晚膳之后还要拜佛看灯，傍晚才会动身呢。

等到晚上，各处点灯，十来对红衣太监依次到来侍立，半天才听到远处隐约的音乐声，在皇家豪华的排场铺陈中，元妃的凤舆（yú）终于来了。

凤舆进入园子，只见各处花灯灿烂，富贵繁华，连轿中的元妃看了都默默叹息，觉得这一切太奢华浪费了。

北京大观园中的"省亲别墅"牌坊

此时各处挂着匾灯，有"有凤来仪"等字样，原来用的竟是宝玉题的联额。说起来贾府自有文章圣手，怎么会轮到小孩来作呢？原来，宝玉读书，最早是元妃启蒙的，二人虽是姐弟，却情同母子。如果元妃知道联额多是爱弟所作，自然会心中欢喜。

终于到了贾母正室，元妃挽着贾母和王夫人，呜咽难言。半天，她强颜欢笑说："好不容易从那见不到人的地方回来了，我们不要哭，还是说说笑笑吧，等一会儿我回去了，又不知道什么时候才能回来。"

还是忍不住哭了几次，元妃才命姐妹亲眷都进来相见，说了些家常话。她还隔着帘子对父亲说："田舍之家虽然贫寒，却能享受天伦之乐，如今我们家虽然富贵到了极点，但骨肉分离，到底没什么意思！"

贾政听了，含泪说道："祖宗时代的恩德集到我们夫妇身上，才出了贵妃，这是古今没有的荣耀，希望您不要牵挂我们，要珍爱自己，好好服侍皇上，才不辜负圣上的恩典啊。"

元妃又嘱咐他"以国事为重，注意保养"等话。听贾政说园中匾额对联都是宝玉所作，元妃脸上有了喜色，赶紧下谕让宝玉进来相见。多年不见，元妃摸着他的头颈说："比先前长高了好多……"话没说完，泪如雨下。这边又请贵妃正式游玩新园，元妃便让宝玉导引，一一玩赏，赞叹新奇，又劝："以后不可太奢侈了，这样已经过分了。"

接着，她便给园子题字赐名：园子总名"大观园"；"有凤来仪"赐名"潇湘馆"；"红香绿玉"改作"怡红快绿"，赐名"怡红院"；"蘅芷清芬"赐名"蘅芜院"……

赐名之后，元妃先写了一首七绝，便对其他姐妹说：
"各位姐妹，请别被我束缚了，各题一匾一诗吧。另外，我
最喜欢"潇湘馆""蘅芜院"二处，其次是"怡红院""浣
葛山庄"，必得题咏才行。如今宝玉知道题咏，你就作四首
五言律诗让我看看，这才不辜负我教授之心啊。"众人答应
下来，各自去构思。

　　不久，众姐妹都交了卷，元妃依次看下去，称赏一番，
最后笑说："还是薛林二妹之作与众不同。"

　　这时宝玉刚作了两首，第三首头一句是"绿玉春犹
卷"，宝钗一眼瞥见，忙提醒他："贵妃将'红香绿玉'改
为'怡红快绿'，你何必偏用'绿玉'，改改吧！"宝玉擦汗
说："一下子想不起来了！"宝钗笑道："唐朝韩翊（yì）咏
芭蕉诗头一句，'冷烛无烟绿蜡干'，你将'绿玉'改成
'绿蜡'就行了。"宝玉高兴地说："该死，眼前的句子我居
然想不到，以后不叫你姐姐，叫师父了！"

　　黛玉见宝玉十分吃力，便走过去问，原来才有了三首。
她今夜本想大展奇才，将众人压倒，不料元妃只令一匾一
咏，不好多作，难免心中不快，于是对宝玉说："你先誊好
这三首，等你写完了，我这第四首也帮你作出来了！"果然
沉吟间，她便作好了，写成纸条扔给宝玉。宝玉打开一看，
比自己写的高明十倍，赶紧写了呈上去。

　　元妃看了，喜之不尽，说："果然进益了！"又说第四
首最好，因诗中有一句"一畦（qí）春韭绿，十里稻花香"，
她将"浣葛山庄"改回"稻香村"。

　　诗作完之后，众人又陪着元妃看戏，她只点了四出：

《豪宴》《乞巧》《仙缘》《离魂》。看完戏后，元妃又去拜佛，然后又赐给贾府上下各种如意金银等物，众人谢恩。

时间到了，元妃满眼是泪，再次叮嘱家人："如果明年还能省亲，千万别这么奢华浪费了！"

虽不忍别，但皇家规矩不能错，元妃终于上了凤舆，与家人告别而去。

【博闻馆】

"五鼓"是什么时候？

元妃要回家省亲过元宵节，贾母等人"十五日五鼓"便按品大妆，静静等候。这里的"五鼓"是指什么时候呢？

五鼓，也叫五夜和五更。我国古代夜晚计时，把黄昏到拂晓的一夜长度分为五个更次，每个更次相隔两个小时。一更指晚上八时左右，二更指夜间十时左右，三更指夜间十二时左右，即夜半时分，四更指夜二时左右，五更指夜四时左右，即拂晓时分。贾府等人五鼓就开始等候，可见他们对元妃这次回家的恭敬和期盼。

说故事宝玉惜颦儿

这天，黛玉正在床上睡午觉。宝玉揭起绣帘，走进房中一看，忙推醒黛玉说："好妹妹，才吃了饭可别睡觉。"黛玉说："前天元宵节熬夜累了，今天还没歇过来呢，你去别处玩玩再来吧。"一面将手绢盖在脸上，也不理他。

宝玉怕她睡出病来，便跟黛玉有一搭没一搭地说起闲话来，问她几岁上京，路上见了什么景致古迹，扬州有什么遗迹故事，土俗民风如何。黛玉只不答。

宝玉没办法，便哄她说："唉哟，你们扬州衙门里有一件大故事，你知道么？"

黛玉见他说得郑重，只当是真事，就问："什么事？"

宝玉见她问起来了，便忍着笑顺口诌（zhōu）道："扬州有一座黛山，山上有个林子洞……"

黛玉笑说："扯谎，从来没听见过有这山。"

宝玉说："天下山水多着呢，你哪里都知道。等我说完了，你再批评。"

黛玉道："那你说吧。"

宝玉继续诌下去："林子洞里有群耗子精。那年腊月初七，老耗子把大家召集起来说：'明天是腊八，世上人都熬腊八粥呢，如今我们洞中果品短缺，不如趁此机会去偷一些来！'说着，拔了根令箭派一个能干的小耗子去打听。不久小耗子回来说：'我到处打听查看了，山下庙里果米最多。

米豆成仓，果品有五种：红枣、栗子、落花生、菱角、香芋。'老耗子听了大喜，马上拔令箭问："谁去偷米？"一个耗子接令去偷米。又拔令箭问：'谁去偷豆？'又一个耗子接令去偷豆。然后一一地都领命去了，只剩了香芋一种。老耗子又拔令箭问："谁去偷香芋？"只见一个极小极弱的耗子应道：'我愿去偷香芋。'众耗子见它这样，恐怕它不老成，又怕它怯弱无力，因此都不准它去。小耗子说：'我虽年小身弱，却是法术无边，而且口齿伶俐，机谋深远，这一去肯定比它们偷得还巧呢。'众耗子忙问：'如何比它们巧呢？'小耗子说：'我不学它们直偷，我只摇身一变，也变成个香芋，滚在香芋堆里，使人看不出，却暗暗地用分身法搬运，渐渐地就搬运尽了。岂不比直偷硬取的巧些？'众耗子听了，都说：'妙却妙，只是不知怎么个变法，你先变一个我们瞧瞧。'小耗听了，笑说：'这个不难，等我变来。'说完，摇身一变，竟变成了一个最标致美貌的小姐。众耗子笑了：'变错了，变错了，原说变果子的，怎么变出小姐来？'小耗子便说它们：'我说你们没见过世面，只认得这果子是香芋，却不知林老爷的小姐才是真正的香玉呢！'"

黛玉听了，翻身爬起来，按着宝玉笑说："你这个烂了嘴的！我就知道你是骗我呢！"说着，便拧得宝玉连连央告："好妹妹，饶了我罢，再不敢了！我因为闻见你很香，便忽然想起这个故事来了！"黛玉笑说："你骂了人，还说是故事呢。"

两人笑成一团。宝玉本来担心黛玉，怕她吃了饭就睡觉对消化不好，又怕她白天睡多了晚上又失眠，现在看她说说笑笑，也不困了，便放下心来。

腊八粥

腊八粥是一种在腊八节用多种食材熬制的粥，也叫做"七宝五味粥"。腊八粥来自印度天竺，农历十二月初八是佛陀成道纪念日，俗称"腊八节"，在佛教称"法宝节"。

老北京腊八粥

腊八粥的习俗，早已不限于佛门。作为一种民间风俗，农历十二月初八日喝腊八粥，用以庆祝丰收，一直流传至今。最早的腊八粥是用红小豆来煮，后来经过演变，加上地方特色，腊八粥就变得丰富多彩起来。

花袭人娇嗔劝宝玉

正月里，史湘云也来到贾府。她性格爽朗，爱说爱笑，非常讨贾母和众人的喜欢。晚上，湘云便在黛玉房中休息。

宝玉本来就喜欢黛玉，现在又多了个湘云，他更加放不下了，早晚和妹妹们在一起，还让湘云给他梳头。

袭人向来劝宝玉以仕途为重，见他这样，心里不由生了气。等宝玉回来，她就说："你现在反正有人服侍了，用不着我了，我还是回去服侍老太太去。"宝玉见她动了气，十分诧异，问她吧，她却自管自去睡觉了，理都不理。

宝玉觉得没趣，便说："那我也睡觉去。"于是自己上床睡觉，半天，他微微打起鼾来。袭人听他睡着了，便给他盖上件斗篷，宝玉一下子掀了。袭人见他原来在装睡，冷笑说："我以后就是哑巴，再不说你了。"宝玉又奇怪了："今天我一见着你，你就不理我，也没劝我什么啊，你到底是怎么了？"袭人依旧不理他。

这时，贾母那边派人叫宝玉吃饭，宝玉就去了。回来后，见袭人又睡在外间炕上，他赌气也不理袭人，又因为麝（shè）月和袭人亲近，他便连麝月也不理会了，只让两个小丫鬟服侍。

看了半天书，他抬头要茶，看见那两个丫鬟站在地上，一个大些的生得十分水秀，便问："你叫什么名字?"丫鬟说："叫蕙香。"宝玉便问："谁给你取的?"蕙香说："我原叫芸香的，是花大姐姐改的。"宝玉一听是袭人取的，故意说："什么蕙香，干脆叫'晦气'算了！你姊妹几个?"蕙香说："四个。"宝玉问："你第几?"蕙香说："第四。"宝玉说："那就叫'四儿'吧，不必什么叫'蕙香'，谁配比这些花儿？别玷辱了好名好姓。"一面说，一面命四儿倒茶来喝。袭人和麝月在外间听了，知道在指桑骂槐说自己呢，抿嘴而笑。

这一日，宝玉不大出房，也不和姊妹丫头们玩闹，只不过拿着书解闷，或摆弄笔墨，也不使唤众人，只叫四儿答应。

晚饭后，宝玉喝了两杯酒，眼饧（xíng）耳热。往日里，有袭人等大家说笑，今日却冷清清一人对灯，好没兴趣。想要与她们和好吧，又怕她们得了意，以后又要来劝自己。若拿出做主子的规矩来吓唬她们，似乎又太无情，只好当她们死了。

这一想，毫无牵挂，反能怡然自悦。于是命四儿剪灯烹茶，自己看了一回《南华经》，里面说，摒弃聪明才智，清净无为，也就能实现太平至治了。

看到这里，宝玉心有同感，便乘着酒兴提笔续写道：离了袭人和麝月，闺阁中就没人来劝我仕途经济了；毁了宝钗的美貌和黛玉的灵性，闺阁的人对我来说就无美丑之分了。钗玉花麝这些人，都是张开罗网，迷惑纠缠天下人的！

写完丢了笔就睡觉去了，到天明才醒来，却已经将昨晚的事情丢在脑后，一点儿也不生气了，还好声好气地问袭人："你到底怎么了？"

袭人冷笑说："你还是去那边梳洗去吧，再迟了就赶不上了。"宝玉问："我到哪里去？"袭人说："你爱去哪去哪，反正那边腻了，这边还有'四儿''五儿'服侍，我们这些人，可都是白'玷辱了好名好姓'。"

宝玉笑说："这话还记着啊！"袭人说："一百年都记着呢，不像你，总把我的话当耳旁风。"宝玉见她满脸娇嗔，情不自禁，便拿起一根玉簪，一跌两段，说："我再不听你的话，就同这个一样。"袭人忙拾起簪子说："大清早起，这是何苦！听不听没关系，不值得这样！"两人总算和好了。

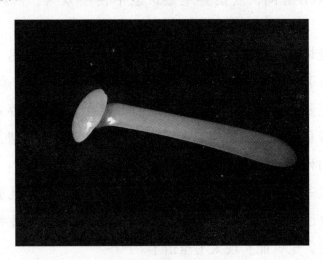

清代的玉簪子

过了一会儿，宝玉往上房去了。黛玉走来，见宝玉不在房中，就翻桌上的书看，正好看到昨夜宝玉的续文，不由得又可气又可笑，不禁也提笔续了一绝：

无端弄笔是何人？剿袭《南华》庄子文。不悔自家无见识，却将丑语诋他人！

　　写完了，也往上房来见贾母，后往王夫人处来请安。

【博闻馆】

袭人是宝玉的什么人？

　　在其他丫鬟与宝玉嬉笑玩耍时，袭人却总是担忧宝玉的前途，那么她与其他丫鬟究竟有什么不同呢？

　　袭人，原名珍珠（另一说蕊珠），从小因家贫被卖入贾府，原来是贾母之婢，后又服侍史湘云几年。贾母见袭人心地纯良、恪尽职守，便将她给了宝玉，作为后备姨娘的人选。可见，袭人确实跟其他丫鬟不同，她算是被上面内定的准姨娘，宝玉的前途命运将直接关系到她自己的命运，所以她时时想办法规劝宝玉，一方面是为了宝玉，一方面也是为了自己。

听曲文宝玉悟禅机

正月二十一是宝钗的十五岁生日，正是将笄（jī）之年，又是她在贾府过的第一个生日，因此贾府办得比往年黛玉的生日更隆重些，不仅有酒宴，还特意定了一班新出小戏。

贾母喜欢宝钗的稳重平和，问她爱吃什么，又让她点戏。宝钗深知贾母是老年人，喜欢热闹戏文，爱吃甜烂食物，就按贾母喜欢的说了一遍，点了一折《西游记》。贾母自然高兴，接着又命凤姐点戏。凤姐不敢违拗，她知道贾母喜欢热闹，更喜欢滑稽逗趣，便点了一折《刘二当衣》，这一下贾母就更高兴了。接下来，大家都纷纷点了戏。

等到上酒席时，贾母又让宝钗点，宝钗这回点了一出《鲁智深醉闹五台山》。宝玉不高兴了："你就喜欢这些热闹戏。"宝钗说："你白听几年戏了，倒说这一出热闹。我来告诉你，这出戏排场好，辞藻更好，有一支《寄生草》，填得精妙，你哪里知道！"宝玉听说如此之好，忙凑近来央求："好姐姐，念给我听听。"宝钗便念道：

漫搵（wèn）英雄泪，相离处士家。谢慈悲，剃度在莲台下。没缘法，转眼分离乍。赤条条，来去无牵挂。那里讨，烟蓑雨笠卷单行？一任俺，芒鞋破钵随缘化！

宝玉听了，高兴得拍膝摇头，称赏不已，又称赞宝钗无书不知。林黛玉在一旁说："安静看戏罢，还没唱《山门》，你倒《妆疯》了。"说得湘云也笑了。

晚间看完戏，贾母深爱那作小旦的与一个作小丑的，便命人带进来，又另外赏了果子和两串钱。凤姐打量那小旦，笑道："这孩子扮上活像一个人！"宝钗宝玉都看出来了，不说，湘云接口道："像林姐姐！"宝玉听了，忙瞅了湘云一眼，使了个眼色。众人看了都说像，接着便散了。

湘云回去便命丫鬟翠缕收拾东西，宝玉忙忙地跟来，拉着她说："好妹妹，林妹妹是个多心人，我怕你得罪她才给你使眼色。要是别人，又与我有什么关系呢？"湘云说："你少在这里花言巧语，我比不上你林妹妹，她是小姐，我是丫鬟，得罪了她了！"宝玉急了："我是为了你好，要是有外心，立刻化成灰，叫万人践踏！"湘云回说："大正月里，少发这些没用的恶誓，这些歪话说给你那些爱耍小性儿、会辖治你的人听去！别叫我啐你。"说着，便去贾母房中怂怂地躺着去了。

宝玉没趣，又来寻黛玉，黛玉也对他冷笑："我是给你们取笑的？居然拿我比戏子！"宝玉说："是别人比的，我并没有比，为什么恼我？"黛玉回说："你还要比？你不比不笑，比别人笑了还厉害呢！这还算了，你为什么又跟云丫头使眼色？难道她跟我玩，就自轻自贱了？她是公侯小姐，我是贫民丫头？可惜啊，她也不领你的情。你还拿我做人情呢，倒说我小性儿。她得罪我也好，我恼她也好，和你有什么关系？"宝玉听了，知道刚才与湘云说的，黛玉也听见了。自己原想调和她们，现在反而两头不是人。又是委屈，又是寂寞，便回屋躺着去了。

　　袭人心里明白，又不敢说，便跟他闲话："今天看了戏，宝姑娘一定要还席的。"宝玉冷笑："她还不还，和我有什么关系？"袭人笑说："大正月里，大家高高兴兴的，你怎么了？"宝玉又说："什么'大家彼此'，他们有'大家彼此'，只有我'赤条条来去无牵挂'。"说到这里泪也滴下来了，翻身坐起，在案上写道：

　　你证我证，心证意证。是无有证，斯可云证。无可云证，是立足境。

　　写完又怕人看不懂，又填了一支《寄生草》。念了一遍，心无挂碍，便上床睡了。

　　谁知黛玉见宝玉回去，便假意来找袭人，袭人便将宝玉刚刚写的给黛玉看。黛玉看了，知道是宝玉一时感忿而作，可笑可叹，便回去和湘云一起看，第二天又给宝钗看。那《寄生草》写的是：

　　无我原非你，从他不解伊。肆行无碍凭来去。茫茫着甚悲愁喜，纷纷说甚亲疏密？从前碌碌却因何？到如今，回头试想真无趣！

　　看完，三个人来到宝玉房中。一进门，黛玉便笑问："宝玉，至贵者是'宝'，至坚者是'玉'，你贵在哪？坚在哪？"宝玉竟不能答。三人拍手笑道："这样愚钝，还参禅呢！"

　　黛玉又说："'无可云证，是立足境'固然好，只是不如'无立足境，方是干净'。"宝钗道："实在这才悟彻。从前禅宗五祖弘忍令弟子写几句佛经唱词，上座神秀说：'身是菩提树，心如明镜台，时时勤拂拭，莫使有尘埃。'伙头僧惠能说：'菩提本非树，明镜亦非台，本来无一物，何处染尘埃？'五祖听了，便将衣钵传给了惠能。"

宝玉心想："原来他们比我的知觉在先，尚未解悟，我如今何必自寻苦恼！"想完了，便笑说："我只是随手写着玩的！"

说着，四人和好如初。

【博闻馆】

将笄之年

为什么宝钗十五岁的生日要过得隆重一些呢？"将笄之年"又是什么意思？

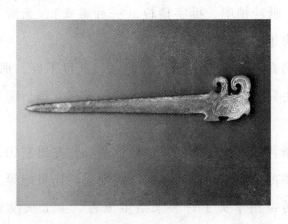

笄，古代的一种簪子，用来插住挽起的头发，或插住帽子。

原来，古代女子十五岁就把头发梳拢起来，挽一个髻（jì），插上叫做"笄"的首饰，以此表示她已成年。因此，古代称女子成年为"及笄"或"将笄之年"。给宝钗过一个稍微隆重一点儿的生日，是为了庆祝她的成年。

读西厢宝黛有灵犀

贾元春临幸大观园之后不久，便让各位姐妹进园中居住，不用封锁，又命宝玉也一起进去读书。于是薛宝钗住了蘅芜院，林黛玉住了潇湘馆，迎春住了缀锦楼，探春住了秋爽斋，惜春住了蓼（liǎo）风轩，李纨住了稻香村，宝玉住了怡红院，大观园顿时热闹了起来。

这一来，宝玉心满意足，每日只和姊妹丫头们一起，或读书，或写字，或弹琴下棋，作画吟诗，以至描鸾刺凤，斗草簪花，低吟悄唱，拆字猜枚（一种游戏），无所不至，倒也十分快乐。

忽然有一天，宝玉不自在起来，这也不好，那也不好，进来进去只是觉得烦闷。园中多是些天真女孩，哪知道宝玉的心事？

小厮茗烟见他这样，只想让他开心，左思右想，便去书坊把那些古今小说连同赵飞燕、武则天、杨贵妃等人的外传和一些传奇角本买了许多来给宝玉看。宝玉从没见过这些书，爱如珍宝。茗烟嘱咐他别带进园子去，他哪里舍得，便选了几套雅致点儿的藏在床顶上，没人的时候才看。

这天正是三月中旬，早饭后，宝玉带了套《会真记》走到沁芳闸桥边桃花底下一块石上坐着，慢慢看起书来。正看到"落红成阵"，只见一阵风过，把树上的桃花吹下一大半来，落得满身满书满地都是。宝玉要抖落下来，又怕脚步践踏了花，只好兜了那些花瓣抖落在池内。那花瓣浮在水面，飘飘荡荡，竟流出沁芳闸去了。

回来只见地下还有许多，宝玉正踟蹰（chí chú）间，只听背后有人问："你在这里做什么？"宝玉一回头，却是黛玉来了，肩上担着花锄，锄上挂着花囊，手内拿着花帚。宝玉笑说："你来得正好，把这些花扫起来，放进那水里吧，我才放了好多呢。"黛玉说："放在水里不好，你看这里的水干净，一流出去，有人家的地方脏的臭的乱倒，仍旧把花糟蹋了。那边角落里有一个花冢（zhǒng），把它们扫起来，装在绢袋里，拿土埋上，日久随土化了，岂不干净？"

宝玉听了喜不自禁，笑说："待我放下书，帮你来收拾。"黛玉问："什么书？"宝玉慌得连忙把书藏起来，说："不过是《中庸》《大学》。"黛玉笑说："你弄鬼呢，趁早儿给我看看。"宝玉说："好妹妹，若论你，我是不怕的，但千万别告诉别人。这真是好书！你要看了，连饭也不想吃呢。"一面说，一面递了过去。

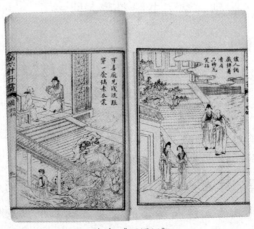

古本《西厢记》

　　黛玉把花具都放下，接过来瞧，从头看去，越看越爱看，不到一顿饭的时间，将十六出都看完了。只觉得词藻警人，余香满口，虽看完了，还只管出神，心内默默记诵。

　　宝玉笑道："妹妹，你说好不好？"黛玉笑说："果然有趣。"宝玉笑说："我就是个'多愁多病身'，你就是那'倾国倾城貌'。"林黛玉听了，脸顿时红了，眉竖眼瞪，指着宝玉说："你这该死的，学了这些坏话来欺负我，我告诉舅舅、舅母去！"说到"欺负"二字，眼圈儿又红了。

　　宝玉忙拦着说："好妹妹，千万饶我这一次，我说错了。如果有心欺负你，明儿我掉在池子里变成个大王八。"说得黛玉嗤的一声笑了，一面揉着眼睛，一面笑说："吓成这样，呸，原来也是个'银样蜡枪头'。"宝玉听了笑说："你这个呢？我也告诉去。"林黛玉笑说："你说你会过目成诵，难道我就不能一目十行么？"

　　宝玉一面收书，一面笑说："快把花埋了罢，别提那个了。"二人便收拾落花，刚掩埋妥当，只见袭人来找宝玉，宝玉忙跟黛玉告别，拿了书跟着袭人回去了。

　　【博闻馆】

《西厢记》还是《会真记》？

　　《西厢记》，全名《崔莺莺待月西厢记》，杂剧剧本，元代王实甫作。写的是书生张珙（gǒng）在浦东普救寺遇见崔相国的女儿崔莺莺，二人产生爱情，后来在丫鬟红娘的帮助下，终于冲破封建礼教的束缚而结合的故事。剧本根据唐代诗人元稹（zhěn）《会真记》传奇改编而成，所以又叫《会真记》。

醉金刚轻财尚义侠

自从园子里住了人，便多出许多杂事来，谁不想来贾府寻点事做，得点好处？

这天，后廊五嫂子的儿子贾芸也来给贾琏请安打听，不料贾琏说："前几天有件事出来，不巧你婶子再三求我给贾芹了。她答应我，等这园子里栽花木的工程出来，一定给你就是了。"

贾芸听了，只得回来，一路思量，想出个主意来——去求开香铺的舅舅卜世仁赊几样香料给他，说好八月按数送来。卜世仁冷笑说："再别说赊欠了，上次我们铺里一个伙计替亲戚赊了几两银子的货，到现在也没还，所以我们大家立了合同，再不许替亲友赊欠，违者罚二十两银子。再说你能有什么正经事？还不是胡闹。你什么时候知个好歹，赚点钱，让舅舅看着也高兴？"

贾芸笑说："舅舅也知道，我家还是有一亩地两间房子的，难道在我手里花了吗？我也想有出息，但'巧媳妇做不出没米的饭'啊。还好是我，要是别人，三天两头缠着舅舅要个三升米二升豆子的，您也没法子啊！"

这卜世仁听了，并不松口，只管唠叨别人如何风光，贾芸如何不能干等。贾芸只好告辞，卜世仁留他吃饭，一句话没完，只听他娘子接口说："家里没米，你要留着外甥挨饿吗？"卜世仁说："买半斤面吧。"他娘子便叫女孩儿："银姐，往对门王奶奶家去问，有钱借二三十个，明儿就送过来。"

夫妻二人说着，贾芸早说了几个"不用费事"，去得无影无踪了。这一下贾芸更加烦恼，一边想，一边低头回家，不料一头撞在一个醉汉身上，只听那醉汉骂说："谁瞎了眼，敢碰我！"贾芸一看，却是邻居倪二，忙叫："老二住手！是我冲撞了你。"

倪二听见是熟人的语音，将醉眼睁开一看，忙把手松了，趔趄（liè qie）着笑说："原来是芸二爷，我该死，你哪里去？"贾芸道："别说了，今天又讨了个没趣儿。"倪二说："告诉我，我替你出气，谁得罪了我醉金刚倪二的街坊，一定叫他人离家散！"

贾芸便将向卜世仁借钱的事告诉倪二，倪二听了大怒："气死我了，他要不是你舅舅，我就骂不出好话来了。不过这事你也别着急，我这里有银子，你要用就拿去。不过，你我多年的街坊，你知道我是放账的，却从没跟我张过口，不知道你是嫌弃我是个泼皮还是怕利钱重？反正这个银子是不要利钱的，也不用写文约，若怕低了你的身份，我就不敢借给你了。"一面说，一面果然从搭包里掏出一卷银子来。

贾芸心想，倪二虽是泼皮，却颇有义侠之名，不如借了他的钱，改日加倍还他，便笑说："老二，你的好意，我怎敢不领，回家按规矩写了文约过来就是了。"倪二大笑道："这是十五两三钱有零的银子，你要是写借条，我就不借了。"贾芸忙接了笑说："我遵命就是！"倪二便醉着去了。

贾芸则走到一个钱铺，将那银子称一称，正是十五两三钱四分二厘。倪二并没说谎，贾芸心中高兴，第二天便去大香铺里买了冰片麝香，来寻凤姐，当着众下人，先请安奉承，再奉上装了香料的锦盒。凤姐高兴，正要说让他来管事，又转念一想："这会儿说了，他倒以为我是为了这点东西，今儿先别提。"便说了几句闲话，带着丫鬟婆子去了。

贾芸也不好提，只好第二天又去贾府，在大门前却被人叫住，竟是凤姐在车上隔着窗子说："芸儿，原来你有事求我，昨儿你叔叔才告诉我说你求他。"贾芸笑说："早知道一开始就求婶子呢！"

凤姐冷笑说："谁让你要走远路的，那园子里还要种花，你早来不早完了。"贾芸笑说："婶子明儿就派我去吧。"凤姐想了一会儿才说："这不大好，等明年正月里烟火灯烛那个大任务下来，再派你罢。"贾芸说："好婶子，先派这个，办得好，再派我那个。"凤姐笑说："你倒会拉长线儿，好吧，你午后来领银子，后天就进去种树。"说完，令人驾车，去了。

贾芸喜不自禁，等到晌午，便办了手续来领银子，竟有二百两。第二天清早，他就将银子还给倪二，然后拿了五十两去买树，不在话下。

【博闻馆】

古人如何随身带钱物？

倪二借给贾芸银子，是从"搭包"里掏出来的，那么"搭包"是什么？

布制的搭包

　　原来，"搭包"又写作"搭膊"，是一种用绸子、布做成的有夹层的宽腰带，古人把它束在腰间，可以随身携带钱物。也有把"搭裢"通称为搭包的。

滴翠亭宝钗戏玉蝶

这 天，黛玉听说贾政将宝玉叫去，心中替他忧虑，晚上便来找他，不料怡红院门却关了。她便叫门，偏偏晴雯没听出她的声音来，便说："宝二爷说了，谁都不准进来了！"

黛玉何曾受过这委屈，气得眼泪都下来了。这时门响了，宝玉和众丫鬟一群人送了宝钗出来！黛玉躲着让他们过去了，自觉无味，便回潇湘馆来，眼中含泪，直坐到二更才睡下。

第二天是芒种节，这节一过，众花皆卸，花神退位，因此要摆设礼物祭奠饯行，闺阁里最盛行这个风俗了，因此大观园的人都早早起来，在园中玩耍，唯独不见黛玉。宝钗便笑："你们等着，我去找她！"

快到潇湘馆了，却看到宝玉在前头进去了，宝钗想想，还是回来的好，便抽身回来。刚要找别的姐妹去，忽见前面一双玉色蝴蝶，大如团扇，一上一下迎风飞舞，十分有趣。宝钗想扑了来玩耍，便从袖中取出扇子来，向草地上扑了过去。只见那一双蝴蝶忽起忽落，来来往往，穿花度柳，引得宝钗蹑手蹑脚地一直跟到池中滴翠亭上。香汗淋漓，娇喘细细，宝钗也无心扑了，刚想回来，只听滴翠亭里有人说话。原来这亭子四面都是游廊曲桥，盖造在池中水上，四面雕镂槅子，糊着纸。

滴翠亭盖在池中水上

宝钗便留心细听，只听得一人说："你瞧瞧，这手帕子是你丢的吗？若不是，我就还给芸二爷去。"另一个人则说："是我的，给我吧！"前一个人说："不能白给，拿什么谢我呢？"又回说："我说了谢你，肯定不哄你的！"又问："你谢我是应该的，但给你捡东西的人，你怎么谢他？"又回说："你别胡说，人家是个爷儿们，捡了我的东西，自然该还的，怎么谢他呢？"又听说："你不谢，我可怎么回话？他说了，没有谢的东西就不许我给你呢！"半天，听后一人开口说："也罢，这个给他，算是谢他的，你可不许告诉别人，得发誓！"便听人发誓："我若告诉别人，叫我不得好死！"又听说："哎呀，我们只顾说话，万一有人在外面听见可怎么办，不如把这槅子推开，若有人走到跟前来，我们看见，就别说了。"

宝钗听了吃惊，心想："怪不得从古至今那些奸淫狗盗的人，心机都不错。这一开了，见我在这里，他们岂不是没面子？说话人的语音很像宝玉房里的小红，她平常眼空心大，是个头等刁钻古怪的人。要是看见我了，岂不是生事？不如使个'金蝉脱壳（qiào）'的法子。"还没想好，就听

"咯吱"一声，宝钗便故意放重了脚步，笑着叫："颦儿，我看你往哪里藏！"一面说，一面故意往前赶。那亭内的小红和坠儿刚一推窗，便见宝钗如此，两个人都吓呆了。

宝钗反向她们笑说："你们把林姑娘藏在哪里了？"坠儿说："没看见林姑娘啊！"宝钗说："我才在河那边看着林姑娘在这里蹲着玩水，正要悄悄吓她一跳，还没有走到跟前，她倒看见我了，朝东一绕就不见了，别是藏在这里了。"

一面说，一面故意进去找了一遍，转身就走："一定是又钻在山洞里去了，遇见蛇，咬一口也罢了。"一面说一面走，心中又好笑，这件事算遮过去了。

谁知小红听了宝钗的话，便信以为真，等宝钗去远，便拉坠儿说："不得了了！林姑娘蹲在这里，一定听见了我们的话！"坠儿听了，也半天不说话。

小红说："若是宝姑娘听见，还倒没关系。林姑娘嘴里又爱刻薄人，心里又细，她一听见了，要是走露了风声可怎么办？"正说着，又有许多丫鬟也上亭子来了，二人只得不提这话，和她们玩耍，但心里非常不安。

【博闻馆】

"金蝉脱壳"是个什么法子？

"金蝉脱壳"是三十六计之一。蝉蜕变为成虫时，要脱去幼虫的壳。因此，这个成语的字面意思是指蝉脱去外壳的蜕变。比喻制造或利用假象脱身，使对方不能及时发觉。宝钗本来偷听到小红和坠儿的谈话，却假装跟黛玉闹着玩，转移二人视线，得以轻松脱身，所以叫"金蝉脱壳"。

埋香冢黛玉葬落花

黛玉并不在滴翠亭弄水，却在自己屋子里梳洗，她晚间失眠，所以起晚了。刚梳洗完来到院中，就见宝玉来了，她也不理，只吩咐紫鹃收拾屋子。宝玉哪知道她昨晚受了委屈？只好跟着她出来，去找其他姐妹。

偏偏遇见宝钗和探春，探春拉着宝玉说了几句话，一转眼，黛玉就不见了。宝玉知她躲到别处去了，低头看看，脚下凤仙、石榴各种颜色的落花，铺了一地。宝玉不由叹气："她心里生气了，也不管这花儿了。"

等宝钗和探春走远，他便把落花兜起来，登山渡水，过树穿花，一直来到那天同黛玉葬桃花的地方。快到花冢，还没转过山坡，只听山坡那边有呜咽之声。宝玉心想："不知是哪房的丫头，受了委屈，跑到这个地方来哭。"一面想，一面细听，却听头几句是：

花谢花飞飞满天，红消香断有谁怜？游丝软系飘春榭，落絮轻沾扑绣帘。

原来黛玉因昨夜晴雯不开门，错怪在宝玉身上。正巧第二天是饯花之期，一腔无明怨气正没处发泄，又勾起伤春愁思，便一边葬花，一边感伤，随口念了几句。不料宝玉在山坡上听见，开始是点头感叹，随后听到"侬今葬花人笑痴，他年葬侬知是谁""一朝春尽红颜老，花落人亡两不知"等句，不觉哭倒在山坡上，怀里的落花撒了一地。

试想黛玉的花颜月貌，将来也有无可寻觅的时候，怎能不让他心碎肠断！既然如此，想到其他人，如宝钗、香菱、袭人等，甚至自己，无可寻觅之时又在哪里？自己都不知道在哪里，那这个地方、这园子、这花、这柳又属于哪个人呢？如此，一而二，二而三，反复推求下去，真不知道此时此刻如何化解这段悲伤！

　　黛玉正在伤感，忽听山坡上也有人哭，心想："人人都笑我有些痴，难道还有一个痴子吗？"一边想一边抬头看，见是宝玉，黛玉骂道："我以为是谁，原来是这个狠心短命的……"刚说到"短命"二字，又把口掩住，长叹了一声，自己抽身走了。

　　宝玉伤感完了，抬头又不见了黛玉，知道她看见自己才又躲开了，觉得无味，抖抖土起来，下山寻归旧路，正巧看见黛玉在前头走，连忙赶上去说："你站住，我知道你不理我，我只说一句话，从今后就放手。"

　　黛玉回头见是宝玉，本不理他，但听"只说一句话，从此放手"，这话里有文章，于是站住问："请说。"宝玉笑说："两句话，听不听？"黛玉听了，回头就走。宝玉在后面叹说："既有今日，何必当初！"黛玉站住，回头说："当初怎样？今日又怎样？"宝玉叹说："当初姑娘来了，不是我陪着玩笑？我心爱的，姑娘要，就拿去；我爱吃的，听见姑娘也爱吃，连忙干干净净收着等姑娘吃。一桌子吃饭，一床上睡觉，丫头们想不到的，我怕姑娘生气，都替丫头们想到了。没想到姑娘人大心大，不把我放在眼里，倒把什么宝姐姐、凤姐姐的放在心坎儿上，对我三日不理四日不见的。

我又没个亲兄弟亲姊妹，虽然有两个，你难道不知道是和我隔母的？我也和你一样是独出，原以为你的心同我的心一样。谁知我是白操了这个心，有冤无处诉！"说着不觉滴下眼泪来。

黛玉听了这话，见了这情景，也不觉滴下泪来，说："那为什么我昨天去了，你不叫丫头开门？"宝玉奇怪说："怎么会？我要是这么样，立刻就死了！"林黛玉赶忙说："清早起死呀活的，也不忌讳，你说有就有，没有就没有，起什么誓呢？"宝玉说："真的没有见你去，只有宝姐姐坐了一会儿就出来了。"林黛玉想了一想说："是啊，大概是你的丫头们懒得动，说话没好气也是有的。"宝玉说："肯定是，我回去问了是谁，好好教训教训！"

黛玉听了，气顿时消了，便挤兑起宝玉来："得罪了我是小事，万一明儿什么'宝姑娘''贝姑娘'来了，也得罪了，事情岂不是大了？"说完抿着嘴笑了。宝玉听了，竟然无话可回，只能一边咬牙，一边也笑了。

【博闻馆】

黛玉葬的是什么花？

黛玉《葬花吟》中的落花是什么花？大家多认为是桃花，其实是一种误解。黛玉作《葬花吟》的时候已经是四月末了，桃花早已落尽。正确的答案是凤仙、石榴等花。因为书中所写的黛玉葬花非只一次，实为两次，一次是在三月中旬，所葬之花为桃花；另一次是在四月二十六日交芒种节，也就是黛玉作《葬花吟》当天，所葬之花为凤仙、石榴等各色落花。

黛玉葬的应为石榴花和凤仙花

龄官画蔷痴及局外

端 午前一天，烈日当空，树阴满地，宝玉回到大观园来，只觉满耳蝉声，静无人语。

刚到了蔷薇花架旁，只听有人哭泣之声。宝玉心中疑惑，便站住细听，果然架下那边有人。正是五月天，那蔷薇花叶茂盛，宝玉便悄悄地隔着篱笆洞儿一看，只见一个女孩子蹲在花下，手里拿着根绾（wǎn）头的簪子在地下抠土，一面悄悄地流泪。

宝玉心中想道："难道这也是个痴丫头，学颦儿来葬花不成？可叹，若真是葬花，就是'东施效颦'了，不仅不新鲜，反而讨厌。"想着，便要叫那女子，说："你不用跟着林姑娘学了。"话未出口，幸好再看了一眼，却发现这女孩子面生，不是个丫鬟，好像是那十二个学戏的女孩子当中的，只是辨不出她是生旦净丑哪一个角色来。

宝玉忙把舌头一伸，将口掩住，自己想道："幸亏没乱说话。上两次说错了话，颦儿也生气，宝儿也多心，如今再得罪了别人，就更不好了。"一面想，一面又恨自己居然不认得这人是谁。

再留神细看，只见这女孩子眉若春山，眼似秋水，面薄腰纤，袅袅婷婷，大有林黛玉之态。宝玉早又不忍弃她而去，只管傻看。只见她虽然用金簪划地，并不是掘土埋花，而是在土上画字。宝玉用眼随着簪子的起落，一直一画一点一勾地看，数一数，十八笔。自己又在手心随着她下笔的规矩写了，一看，原来是个蔷薇花的"蔷"字。

宝玉想："她一定是要写诗填词了，见了这花，心有所感，或者偶然想出两句，一时怕忘了，在这地上画着推敲呢。"一面想，一面又看，那女孩还在那里画呢，画来画去，还是个"蔷"字。再看，还是个"蔷"字。女孩子画得出了神，画完一个又画一个，已经画了有几十个"蔷"。宝玉不觉也看痴了，两个眼珠儿只管随着簪子动，心里却想："这女孩子一定有什么话说不出来，才这个样子。外表这样，心里还不知怎么熬煎呢。看她身体这样单薄，哪受得了这样的煎熬？可恨我不能替她分些过来。"

这天气阴晴不定，忽一阵凉风过来，唰唰地落下一阵雨来。宝玉看着那女子头上滴下水来，纱衣裳也立刻湿了。宝玉想："她这个身体，怎么能受得了骤雨一激呢？"便情不自禁地说："别写了，下大雨了，你身上都湿了。"

夏日雨中盛开的蔷薇花

那女孩子吓了一跳，抬头一看——一则宝玉脸面俊秀，二则花叶繁茂，上下都被枝叶遮住，只露着半边脸，那女孩子以为他是个丫头，便笑说："多谢姐姐提醒，难道姐姐在外头有什么遮雨的？"一句话提醒了宝玉，"唉哟"一声，才觉得浑身冰凉。低头一看，自己身上也都湿了。连忙说声"不好"，只得一口气跑回怡红院去了，心里却还惦记着那女孩子没处避雨。

【博闻馆】

东施效颦的故事

西施是中国历史上的"四大美女"之一，她是春秋时期越国人，有心痛的毛病。西施犯病时常常习惯用手扶住胸口，皱着眉头，比平时更美丽。同村的女孩东施学着西施的样子扶住胸口，皱着眉头，但她本来就长得丑，再做出皱眉的样子反而更令人厌恶了。后人便用"东施效颦"来比喻胡乱模仿，效果极坏。其中"效"是"仿效""模仿"的意思；"颦"是"皱眉头"的意思。在本回中，宝玉用"东施效颦"这个成语，同时还暗含了林黛玉的表字"颦颦"，又多了一层意味。

撕扇子换千金一笑

这天端午节散了宴席，宝玉闷闷不乐回到自己房里。偏偏晴雯上来帮他换衣服，又将扇子跌折了，宝玉叹说："蠢材，蠢材，将来你自己当家，也是这么顾前不顾后的？"晴雯冷笑说："二爷近来脾气不好，老给脸色看，前天把袭人都踢伤了，今天又来寻我们的过错。以前玻璃缸、玛瑙碗弄坏多少也没见二爷生气，现在弄坏了一把扇子就这样，何苦呢？嫌弃我们就打发我们出去，再挑好的来，大家好离好散。"

宝玉听了，气得浑身乱颤，说："你别忙，将来有散的日子！"

袭人忙赶过来劝说："好好的，又怎么了？可是我说的'一时我不到，就有事情发生'。"晴雯听了冷笑说："既然如此，姐姐就该早来，也免得宝二爷生气。我们没有你服侍得好，正因为你服侍得好，所以才挨了窝心脚，我们不会服侍的，还不知定个什么罪呢！"袭人听了，又气又愧，忍了忍说："好妹妹，你出去逛逛吧，都是我们的错。"

晴雯冷笑说："'我们'？不是我说，你连个姑娘还不是呢，就说'我们'了！"袭人说错了话，脸羞得胀紫，宝玉便说："我偏抬举她！"袭人忙说："她是一个糊涂人，你跟她较真干什么！平时你也很宽容，比这大的事也过去多少了，今天是怎么了？"晴雯冷笑说："我是糊涂人，我哪儿配和你们说话呢！"

袭人听了，说："姑娘你是和我拌嘴呢，还是和二爷拌嘴呢？我是进来劝的，姑娘倒挑我的毛病，夹枪带棒的，究竟是什么意思？我也不说了，随便你去。"

宝玉向晴雯说："你不用生气，我猜着了，你也大了，我让太太打发你回去好不好？"说着便走。袭人忙回来拦住："往哪里去？"宝玉说："回太太去。"袭人说："还当真呢？就算她认真要去，也不必当个正经事去说，不然太太还以为出什么事了呢！"宝玉说："我就说她闹着要去的。"晴雯哭着说："我哪里闹着要去，我就是一头碰死了也不出这门！"宝玉偏要去说，袭人见拦不住，便跪下了。众丫鬟见袭人跪下，便一起进来跪下。

宝玉忙扶起袭人，叫众人散去，对袭人说："我可怎么好？我的心碎了也没人知道。"说着滴下泪来，袭人见宝玉哭了，自己也哭了。

这时薛蟠来请宝玉去喝酒，宝玉便去了。等到回来，已有了几分醉意，宝玉跟跄着来到自己院中，见乘凉的榻上躺着一个人。宝玉以为是袭人，便坐着推她，那人翻身起来说："何苦又来招惹我？"宝玉一看，原来是晴雯，就拉她在身边坐下笑说："你现在太娇惯了，早上跌了扇子，我不过说你两句，你却反驳那么多话。说我也算了，袭人好意来劝，你拉上她，你自己想想该不该？"

晴雯说："怪热的，拉拉扯扯的像什么？我本来也不配坐在这里。"宝玉笑说："知道不配，怎么还坐？"晴雯噎住了，嗤的一声笑了，说："你不来就行，你来了就不配了。

刚刚鸳鸯送了很多果子来，叫她们拿来你吃？"宝玉笑说：
"你拿来给我吃吧。"

晴雯笑说："我连扇子都摔坏了，要是再打破了盘子可
怎么得了？"宝玉笑说："你爱打就打，东西是给人用的，
你想怎么用就怎么用！"晴雯听了，便笑说："那你拿扇子
来给我撕，我就喜欢听撕的声音。"宝玉听了，笑着将扇子
递给她，晴雯接过来，嗤的一声，撕成两半，接着嗤嗤又听
几声。宝玉在一旁笑着说："撕得好，再撕响些！"

清代的扇子

正撕着，只见麝月走过来说："少作孽吧！"宝玉赶上
来，一把夺了她手里的扇子递给晴雯。晴雯接了，也撕了几
半，二人都大笑。麝月气得说："这是怎么回事，拿我的东
西开心？"宝玉笑说："你打开扇子匣子随便挑，又不是什
么好东西！"麝月说："这么说，就把匣子搬出来，让她尽
力撕！"宝玉笑说："那你搬去。"麝月说："我可不造孽，
让她自己搬去！"

晴雯笑着，倚在榻上说："我累了，明天再撕吧！"宝玉笑说："古人云'千金难买一笑'，几把扇子又算什么呢！"

说完，让小丫头拾走破扇子，大家乘凉。

【博闻馆】

"千金"原指男儿身

如今我们把"女儿"称为千金，其实，最早的"千金"并不是指女孩，却是指男孩。

南朝梁司徒谢朏从小十分聪慧，深受父亲谢庄喜爱，常把他带在身边。他也非常争气，十岁时便能写出很不错的文章。后随父亲游土山，受命作游记，援笔便成，文不加点。宰相王景文对谢庄夸他："贤子足称神童，复为后来特达。"谢庄也手扶儿子的背说："真是我家千金啊。""千金"一词由来已久，但用来指人，这还是第一次。从谢朏被称为"千金"开始，历史上有很长一段时间都用这两个字比喻出类拔萃的少年男子。把少女称作千金或千金小姐，则是元明以后的事了。

因麒麟宝黛诉衷肠

这天湘云又来贾府，拜见了贾母和各位长辈，就带着翠缕来找袭人。快到怡红院时，湘云一眼看到蔷薇架下有个明晃晃的东西，让翠缕捡来一看，竟然是文彩辉煌的一个金麒麟！湘云自己也佩着一个金麒麟，这个捡到的比自己的又大又漂亮。她伸手将麒麟托在掌上，细细赏鉴，不由心中一动。正在出神，宝玉从那边来了，笑说："在干吗呢？怎么不找袭人去？"于是三人一同进院里来。

文彩辉煌的金麒麟

袭人见湘云来了，赶紧迎过来，一边闲话，一边归坐。宝玉便笑："我有个好东西，正等你来呢！"说着便摸身上，半天，哎呀一声，说："这可丢了！前日才得的麒麟，不知什么时候掉了！"湘云才知原来是他的，便张开手说："是不是这个？"宝玉心中欢喜，赶紧拿过去说："多亏你捡到了！"湘云笑说："幸好是个玩意儿，明天要是把印丢了，可怎么得了？"宝玉说："丢了印倒没什么，丢了这个我就该死了！"

湘云笑说："你这个性格还是不改，整天在我们中间混，就算不愿读书考举人，也该多会会做官的人，讲讲仕途经济。"宝玉听了，说："姑娘请去别人屋里坐吧，我这里别玷污了你这通晓经济学问的人。"袭人赶紧说："姑娘快别说了，上次宝姑娘说过一回，他一句话没说就走了，让宝姑娘下不了台。幸好是宝姑娘，如果是林姑娘，真不知道要怎么赔不是呢！"

宝玉说："林姑娘从来不说这些混账话，如果她也说这些，我早和她疏远了！"袭人和湘云都点头笑说："难道这是混账话吗？"

这里说得热闹，那里黛玉却偷偷走来。原来她知道宝玉最近得了麒麟，见湘云来了，一定会跟她说起。最近宝玉看的那些书，说那些才子佳人，多半从小巧玩物上撮合，定下终身，万一宝玉和湘云也作出那些风流佳事来可怎么办呢？放心不下，黛玉便悄悄走来查探，不想刚好听到宝玉说"林姑娘从来不说这些混账话"，不由地又喜又惊，又悲又叹。惊喜的是，宝玉果然是个知己！可惜父母早逝，无人为自己做主婚事，何况身体不好，只怕难以持久。又可惜，偏偏还有个宝钗！还有"金玉"之说！想到这里，黛玉落下泪来，抽身回去。

正走着，宝玉急急地出来去贾政那里，见黛玉在前面拭泪，忙赶上来，问她为什么哭，还抬手给她拭泪。黛玉忙退后说："该死，怎么动手动脚？"宝玉笑说："说话忘了情，也就顾不得死活。"黛玉边说："死了，丢下了什么金，又是什么麒麟，可怎么办呢？"

一句话急得宝玉满脸是汗，青筋暴起。黛玉后悔起来，一边禁不住给他擦汗。宝玉瞅了半天说："你放心。"黛玉听了，呆了半天说："这话什么意思？"宝玉点头叹说："好妹妹，你若不明白这话，那我们往日的情份就算白费了。你就是不放心，才有这一身病，但凡宽慰些，这病也不会一天比一天重了。"黛玉听了这话，如轰雷掣（chè）电，仔细一想，竟比自己肺腑中掏出来的还恳切，有万句言语要说，只是半个字也吐不出来。两人怔怔看了半天，黛玉不觉滚下泪来，回身要走，宝玉忙上前拉住，说道："好妹妹，我说一句话再走。"林黛玉一面拭泪，一面将手推开，说道："有什么可说的，你的话我早知道了！"口里说着，却头也不回地走了。

宝玉站着发呆，竟连袭人来了也没看仔细，以为还是黛玉，便呆呆地对她说："好妹妹，我为你也弄了一身的病，等你的病好了，我的病才能好呢。睡里梦里也忘不了你！"袭人吓得魄消魂散，赶紧推醒宝玉说："你是中邪了吗？"宝玉才醒过来，见是袭人，羞得赶紧跑了。

这里袭人惊惧不定，思前想后，不禁也呆了。

【博闻馆】

"情不情"与"情情"

《红楼梦》原稿结尾时有一张"警幻情榜",所列人物名下都有一个"考语"。考语二字,上字一律是"情"(这里为动词),下字配以各人的"特征"。因为原稿遗失,现在只能通过残存的脂砚斋批语了解到,宝玉的考语是"情不情",黛玉的是"情情"……

宝玉的"情不情",是说宝玉处处用情于人,或者说是"体贴别人"。且不说宝玉对姐妹亲人还是对其他人,就是对自然天地也常常能感同身受,而不管对方是不是对他有情。黛玉的"情情",则是说黛玉只用情于多情之人,即专注于宝玉,谓之情痴。这是他们的不同之处。

不肖种种宝玉挨打

宝玉别过黛玉，便来见贾雨村，心神不定，自然有些痴怔，贾政看了心中已有了三分气。偏偏雨村走了之后，顺亲王府的长史官又来求见，原来是府中一个小旦琪官走失了，来找宝玉要人。

贾政命宝玉应答，宝玉自然说并不知道琪官是谁。那长史官便冷笑说："要说不知道的话，怎么此人的汗巾到了公子的腰中？"宝玉吓得魂魄尽失，无法，只能告知琪官去处。这里长史官要走了，贾政却气得目瞪口歪，回头便命宝玉："不准动！回来有话问你！"便先去送那官员。

送人回来，又见贾环带着小厮乱跑，贾政大怒："该打！怎么一点规矩都没有？"贾环见父亲生气，便趁机说："才刚见井里淹死个丫头，都泡肿了，实在可怕，因此才乱跑起来！"贾政听了惊疑，说："我家从来宽待下人，怎么会有这样的事？"便要叫管家来审问。贾环忙跪下悄声对贾政说："父亲别生气，我听说，是宝玉哥哥前日拉着太太房中的丫鬟金钏（chuàn）儿，调戏不成又打了一顿，那丫鬟就投井死了！"

话没说完，贾政气得面如土色，大喝："快拿宝玉来！"一面说一面走进书房，对众人喝道："今天再有人劝我，我就把这官职和家私全部交给他和宝玉！我免不了做个罪人，把这几根烦恼鬓毛剃去，自己找个干净去处，也免得上辱先人、下生逆子之罪!"众门客仆从见贾政这个样子,知道又是为了宝玉,一个个连忙退出。贾政直挺挺坐在椅子上,满面泪痕,一叠声叫:"拿宝玉来!拿大棍!拿索子捆上!把各门都关上!要是有人敢传信到里头去,立即打死!"众小厮只得齐声答应,有几个便来找宝玉。

这里宝玉听父亲命他不许动,便知凶多吉少,哪里知道贾环还添了许多话?正在厅上干着急,偏偏身边一个人没有,半天来了个老妈妈,宝玉如得珍宝,赶紧拉着说:"快进去告诉太太,老爷要打我呢,要紧!要紧!"老婆子耳聋,把"要紧"听成"跳井",便笑说:"跳井让她跳去,二爷怕什么!"宝玉急了:"快叫我的小厮进来罢!"婆子说:"太太又赏了银子又赏了衣服,还有什么事不能了结的?"

清代的家法板子

宝玉急得跺脚,正没办法可想,贾政的小厮逼着他去了书房。贾政一见,眼都红了,也没空问他是否都属实,只管喝令"堵起嘴来,着实打死!"小厮们不敢违拗,只得将宝玉按在凳上，举起大板打了十来下。贾政嫌打轻了，一脚踢开掌板的，自己夺过来，咬牙狠命打了三四十下。众门客见打得太重了，忙上来劝，贾政哪里肯听，说："都是你们这些人把他惯坏了！"

众人听这话，知道贾政已经气急了，忙去找人给王夫人送信。王夫人慌忙赶来，众门客小厮赶紧回避。贾政见了王夫人，更加火上浇油，板子下去得又快又狠，连按宝玉的小厮都松手了。王夫人抢上前来抱着板子哭："我快五十的人了，就这么一个儿子，老爷定要打死他，不如将我也勒死吧！"又叫着"贾珠"哭说："若有你在，就是打死一百个宝玉，我也不管了！"听得贾政也忍不住泪如走珠，一声长叹。

正在这时，丫鬟来报"老太太来了"，一语未了，只听窗外一个颤巍巍的声音说："先打死我，再打死他，岂不是干净了！"贾政见母亲气喘吁吁地来了，不觉心中作痛，忙迎上去说："为儿的是教训儿子，也是为了光宗耀祖，母亲这么说，儿子如何禁得起？"贾母啐他一口说："一句话你就禁不起，你那下死手的板子，宝玉就经得起了？你父亲当初是怎么教训你来着？"贾政不敢反驳，忙陪笑说："儿子以后不敢了！"贾母说："我知道你是厌烦我们了！"便命人去准备轿马，"我带你太太和宝玉立刻回南京去！"下人只好答应着。

贾政见此，忙叩头，又苦苦哀求认罪。贾母记挂着宝玉，忙过来看。只见宝玉面白气弱，底下穿着一条绿纱小衣满是血渍，解下汗巾看，由臀部到小腿，或青或紫，或整或破，没有一点儿好的地方。她见今日这顿打比往常严重了许多，又是心疼，又是生气，抱着宝玉哭个不停。

贾政见母亲没有消气，不敢离开，也跟着看看，果然打重了。这里贾母哭着，那里王夫人也哭，还哭贾珠，贾政不由得也灰心了，后悔不该打到这个地步。这边众人劝解的劝解，打扇的打扇，弄得手忙脚乱。

【博闻馆】

"汗巾子"是个什么东西？

宝玉有琪官蒋玉菡（hán）的"汗巾子"，这成了忠顺王府长史官找宝玉要人的证据。那么，汗巾子究竟是什么呢？

汗巾子，其实是系内裤的腰巾。因近身受汗，所以叫"汗"巾子。宝玉和蒋玉菡初次见面，十分投缘，便相互交换了汗巾子。这是十分私密的事，被人知道了，十分不雅，尤其是蒋玉菡还是一个戏子。但汗巾子仅仅是腰带吗？也不尽然，其实汗巾子还有许多功能。古代的汗巾子种类繁多，规格大小也不等，主要用绢、绸、缎、绫、麻、布为原材料制成，规格不同，功能也不同。有人用来擦汗，有人用来拭泪，也有人用来上吊。

珠泪点点黛玉题帕

宝玉这次被打得狠了，不仅贾母和王夫人心疼，连姐妹们都为他焦虑。

医治过后，宝玉便被抬到怡红院里，贾母、王夫人好好安慰了一番才去。才走了不久，宝钗便托着一丸药走进来，对袭人说："晚上把这药用酒研开，替他敷上，把那淤血的热毒散开，就可以好了。"又问宝玉："现在好点了吗?"宝玉一边道谢，一边说："好些了。"

宝钗见他能睁开眼说话，心中也宽慰了好多，便点头叹说："早听人劝，也不至于今天挨打。别说老太太、太太心疼，就是我们看着，心里也……"刚说了半句，又忙咽住，自悔说急了，不觉红了脸，低下头来。

宝玉听见这话如此亲切，大有深意，忽见她又咽住不往下说，红了脸，低下头只管拨弄衣带，那一种娇羞怯怯，实在难以形容。宝玉顿觉感动，早将疼痛丢在九霄云外，心想："我不过挨了几下打，她们一个个就有这些怜惜之态，可亲可敬。万一我突然死了，她们还不知要怎样哀伤呢! 这样，我一生的事业尽付东流，也没什么可叹惜的!"

宝钗走后，宝玉便在床上昏昏欲睡，半梦半醒之间，一会儿见到蒋玉菡，一会儿又是金钏儿，一会儿又有人哭着推他，他睁眼一看，不是别人，正是林黛玉! 宝玉以为是梦，忙又撑起身子，向她脸上细细看去，只见她两个眼睛肿得像桃子，满面泪光，不是黛玉又是谁？宝玉还想看时，只觉下半身疼痛难忍，支持不住，倒了下去，叹息说："你又跑来做什么？虽然太阳落下去了，那地上还有余热啊，你要是中暑了怎么办？我其实也不很疼，故意装得严重些，好让她们散布给老爷听见，你别当真。"

黛玉抽抽噎噎，心里堵得厉害，比嚎啕大哭还难受，听了宝玉这番话，更觉千言万语，却无话可说，半天，她才说："你从此以后都改了吧！"宝玉听了，长叹说："你放心，别说这样的话，即使为这些人死了，我也是情愿的！"一句话未完，只听院外人说："二奶奶来了！"黛玉忙起身要走，说："我从后院子去吧，下次再来。"宝玉忙拉住说："这可奇怪了，好好的怎么怕起她来？"黛玉急得跺脚，悄悄说："你瞧瞧我的眼睛，她不笑话死我！"宝玉忙放了手，黛玉三步两步转过床后，从后院去了。

凤姐已经进来了，问宝玉好些没，想吃什么。接着又有很多人来看望宝玉，不久宝玉便睡了。醒了以后，袭人告诉他，王夫人让她取了两瓶香露来给宝玉尝试，果然香妙非常。

因心中挂着黛玉，宝玉要打发人去看，又怕袭人多心，便想了个法子，让袭人先去宝钗那里借书。

袭人一走，宝玉便让晴雯去黛玉那里，说："看看她在做什么呢？她要是问我，就说我好了。"晴雯说："又没什么事，去做什么？要么说句话吧，或者送件东西也行，不然我去了怎么搭讪（shàn）啊？"宝玉说："没什么可说的。"想了想，便伸手拿了两条手帕，说："就说我让你送这个给她去了。"晴雯说："这又奇怪了，这两条半新不旧的帕子拿过去，只怕她又会生气了！"宝玉笑说："放心，她知道的。"

晴雯听了无法，只得拿了帕子来潇湘馆。黛玉却已经躺下了，屋子里没有点灯，漆黑一片，听得晴雯进来，便问是谁，来做什么。晴雯说："是晴雯来了，二爷让送帕子给姑娘。"黛玉纳闷说："一定是谁送他的上好的帕子吧，叫他留着送别人吧，我用不着啊。"晴雯说："不是新的，是家常旧的。"黛玉听了，越发纳闷，细想半天，方大悟过来，连忙说："放下，你去吧！"晴雯只得放下回来，想了一路，也没明白是什么意思。

住在潇湘馆的黛玉，细腻善感。

黛玉体会出手帕的意思来，神魂驰荡："宝玉这番苦心，能体贴我的苦意，令人可喜；但将来会怎样，又令人可悲。

若不是领我深意，好好地送两块旧帕子来，岂不令我可笑。私自传递，又令人可怕。唉，我总是喜欢哭，都是无理取闹，想想又惭愧！"

如此左思右想，心潮澎湃，黛玉不由心中缠绵，命人掌灯研墨，也不避嫌，便在那两块帕子上写道：

其一

眼空蓄泪泪空垂，暗洒闲抛却为谁？尺幅鲛绡（jiāo xiāo）劳惠赠，叫人焉得不伤悲！

其二

抛珠滚玉只偷潸（shān），镇日无心镇日闲；枕上袖边难拂拭，任他点点与斑斑。

其三

彩线难收面上珠，湘江旧迹已模糊；窗前亦有千竿竹，不识香痕渍也无？

黛玉还要往下写时，觉得浑身火热，面上发烧，走至镜台揭起锦袱一照，只见腮上通红，压倒桃花。过了一会儿才上床睡觉，还拿着那帕子思索，不在话下。

【博闻馆】

为什么晚上要用锦袱把镜子遮盖起来？

黛玉题帕之后，觉得脸发烧，便走到镜台揭起锦袱来照。为什么她晚上要用锦袱把镜子遮盖起来？

原来，镜子在风水里叫"光煞"，是一种避邪的工具。但是镜子不只可以冲邪气，正常的气它也冲。人的气在白天运动中可以得到补充，但晚上睡觉时，气得不到补充，因而要聚气。所以，中国的风水学中主张卧室内不放镜子，就算放了晚上也要罩起来。否则影响凶吉，轻则家人破财败业，重则家人发生血光之灾，身体健康受损。

另外，古代文化中，女人晚上照镜子被认为是不守妇道的。所以到了晚上，黛玉房中的镜子便用锦袱遮了起来。

识分定情悟梨香院

宝玉挨打之后，天天在怡红院休养，一天比一天好，贾母心中欢喜。因为怕贾政又叫宝玉，便令人找来贾政的亲随小厮吩咐说："以后老爷要叫宝玉，你就说我说的，宝玉打重了，得养几个月才能走；二则他星宿不利，祭了星不见外人，过了八月才许出二门。"小厮领命而去，贾母又把这话告诉跟宝玉的人，让他放心。

宝玉听了这句话，越发得了意，不但亲戚朋友一概不见，而且连家中日常的规矩也不顾了。他每天只在园中游卧，不过每天清早到贾母王夫人那里走走就回来了，十分悠闲。有时，宝钗等人见机劝导，他就生起气来，还将除四书以外所有的书都烧了，让别人无法再劝。只有黛玉自幼不曾劝他去立身扬名，所以他深敬黛玉。

太悠闲了，未免容易腻烦。一天，宝玉想起《牡丹亭》曲来。他虽然已经看了两遍，还不满足，又听说梨香院的十二个女孩子中有个龄官唱得最好，便特意来寻。

这时，宝官、玉官都在院子里，见了宝玉都笑嘻嘻地让座，独有龄官倒在枕上，见他进来，理都不理。宝玉平时和女孩子玩惯了，以为她和别人一样，便在她身旁坐下，央求她唱"袅晴丝"，不料龄官见他坐下来，忙起来躲避，正色说："嗓子哑了，前天娘娘传我们进去，我还没唱呢！"

宝玉见她坐正了，再一细看，原来就是那天在蔷薇架下划"蔷"字的那个人。宝玉向来得女孩子喜欢，没想到这一位却如此厌弃自己，只好红着脸出来。宝官便笑对他说："且稍等，等蔷二爷来了叫她唱，她必唱的。"宝玉纳闷，问："蔷哥儿去哪里了？"宝官说："才出去了，定是龄官要什么，他去弄去了。"

宝玉听了心中叫奇，便等了一会儿。果然见贾蔷兴冲冲地提着鸟笼子来了，原来里面关着个会衔旗串戏台的玉顶金头。见了宝玉，贾蔷只得让座，自己去寻龄官。宝玉此刻没心思听曲子了，只看他和龄官是怎样的。

鸟笼使鸟儿不得自由，龄官认为这是比喻自己所处的环境。

只见贾蔷进去笑说："你天天闷了，我买了个雀儿给你玩。"说着便玩给她看，拿些谷子哄那雀儿在戏台上乱串，衔鬼脸、旗帜。众女孩子都笑说有趣，只有龄官冷笑了两声，赌气仍睡去了。贾蔷只管陪笑，问好不好。龄官说："你们家把好好的人弄来关在这牢坑里，学这些戏还不算，你还弄个雀儿来打趣形容我们，还问好不好？"贾蔷慌了，又是发誓，又说："我是糊涂了，花了一两八钱银子买它来给你解闷，哪会想到这上面去？罢了，放了生，免免你的灾病！"说着，果然将雀儿放了，又把笼子也拆了。

龄官还说："那雀儿虽不如人，也有个老雀儿在窝里，你拿了来弄这个也忍心？今儿我咳嗽出两口血来，你不替我细问问，还弄这个来取笑！"说着又哭起来。贾蔷忙说："昨晚我问了大夫，他说不要紧，吃两剂药再看，谁知今天又吐了，我现在就去请他去。"说着便去，龄官又叫："站住，这个时候太阳正毒，你赌气去请了大夫来我也不瞧。"贾蔷听如此说，只得又站住。宝玉见这般景况，才领会了划"蔷"的深意。他站不住，抽身走了。贾蔷一心都在龄官身上，也不顾送，倒是别的女孩子送了出来。

那宝玉一路痴想，回到怡红院，便对袭人说："怪不得老爷说我管窥蠡（lí）测，我果然错了。我说让你们的眼泪单来葬我，却不可能了。从此后只是各人得各人的眼泪罢了！"

宝玉自此深悟人生情缘，各有分定，只是不由暗中伤神："将来葬我洒泪者是谁呢？"

【博闻馆】

什么叫"星宿不利"？

宝玉挨打，贾母十分心痛，知道他不喜欢应酬，便命人对贾政说宝玉星宿不利，祭了星，不见外人。为什么"星宿不利"就不见外人呢？

原来，古代把天上某些星星的集合体叫"星宿"。旧时迷信，以为人的命运同星宿的位置和运行有关，所以把人的生年月日时配以天干地支成八字，按天星运数，来推算人的命运。如人生疾病，则认为是他的星宿不利，必须祭星消灾。祭星神后，不许和外人见面。

秋爽斋偶结海棠社

这天，翠墨送来一副花笺，原来是探春邀宝玉去商议起诗社的事。宝玉高兴得连忙赶去，原来大家都在呢！

众人谈笑一阵，黛玉便说：“既然要起诗社，咱们都是诗翁了，先改了称呼才不俗。”李纨说：“就是！我是定了‘稻香老农’，别人不能占的。”探春笑说：“我最喜欢芭蕉，就叫‘蕉下客’吧！”众人都称别致有趣，黛玉笑说：“你们快牵了她去，炖了脯子吃酒。”众人不解，黛玉笑说：“古人云‘蕉叶覆鹿’，她自称‘蕉下客’，可不是一只鹿了？”

众人听了都笑起来，探春也笑说：“你别忙着使巧话骂人，我已替你想了个极恰当的美号了。”又向众人说：“当日娥皇、女英洒泪在竹上成斑，所以斑竹又名湘妃竹。如今她住潇湘馆，又爱哭，将来她想林姐夫，那些竹子也是要变成斑竹的，以后都叫她‘潇湘妃子’吧！”大家听了，都拍手叫绝，黛玉低了头，也不言语。

李纨笑说：“我封薛大妹妹‘蘅芜君’，怎么样？”探春笑说：“好极了！”宝玉忙说：“我呢？你们也替我想一个。”宝钗笑说：“你就叫‘无事忙’最恰当。”探春说：“你的号多得很，又起什么？”宝钗说：“还是我送你一个吧，最俗气但最适合你。天下难得的是富贵，又难得的是闲散，两样不能兼有，你既然兼有了，就叫'富贵闲人'吧！"宝玉笑说："当不起，还是随你们乱叫去吧。"黛玉说："乱叫怎么行呢，你住怡红院，就叫'怡红公子'吧。"

李纨说："二姑娘四姑娘起个什么号？"宝钗说："她住的是紫菱洲，就叫'菱洲'，四丫头在藕香榭，就叫'藕榭'好了。"

李纨又说："我和菱洲、藕榭也不会作诗，不如各管一件事，或出题或限韵或监场吧。"迎春、惜春听了，十分悦服，探春等也不好勉强了。

探春笑说："既然如此，我先做个主，才不负这诗兴。老农出题，菱洲限韵，藕榭监场吧。"果然，李纨出题"咏白海棠"，迎春限七律，每首诗的第一句必要"门"字，偶句则分别是"盆""魂""痕""昏"。宝玉不由得发愁起来："这'盆''门'两个字不太好作呢！"

这里探春的丫头侍书摆下四份纸笔，点燃一支"梦甜香"，这香只有三寸长，燃尽便要成稿。时间有限，众人都悄然思索起来，唯独黛玉或抚梧桐，或看秋色，全不在意。香一会儿便燃尽了，钗宝探三人交卷了，大家便看起来。李纨说宝钗好，原来她写的是：

珍重芳姿昼掩门，自携手瓮灌苔盆。胭脂洗出秋阶影，冰雪招来露砌魂。淡极始知花更艳，愁多焉得玉无痕？欲偿白帝宜清洁，不语婷婷日又昏。

李纨又催黛玉交卷。黛玉说："你们都有了？"于是提笔挥就，掷给众人，只见她写的是：

半卷湘帘半掩门，碾冰为土玉为盆。

看了这句，宝玉先喝起彩来，只说"从何处想来！"又看下面：

偷来梨蕊三分白，借得梅花一缕魂。

众人看了也都不禁叫好，说"果然比别人又是一样心肠"。再看下面是：

月窟仙人缝缟袂（mèi），秋闺怨女拭啼痕。娇羞默默同谁诉？倦倚西风夜已昏。

众人所咏的白海棠

众人看了，都说这首为上，李纨说："若论风流别致，自然是这首最好，若论含蓄浑厚，还是蘅稿。"探春说："评得有理，潇湘妃子当居第二。"宝玉不服，李纨便说，再多嘴就罚了。宝玉才作罢。探春又说："既然是海棠诗开端，就叫海棠社吧，虽然俗了点，但真有这件事，也就无妨了。"说完大家又商议了一会儿，才散了。

宝玉回到怡红院，突然想起湘云来，不由拍手说："这诗社少了她怎么行？"第二天果然逼着贾母派人去接，到了午后，湘云来了，宝玉才放心。

于是跟她说了缘由始末，又要给她诗看，李纨便说："先别给她看，让她作，好了才许入社，不好还得罚呢。"湘云说："你们忘了请我，我还没罚你们呢。我和了两首，不知怎么样，只要容我入社，扫地焚香也愿意。"众人听她说得有趣，都后悔昨天忘了她，便看诗：

其一

神仙昨日降都门，种得蓝田玉一盆。自是霜娥偏爱冷，非关倩女欲离魂。秋阴捧出何方雪？雨渍添来隔宿痕。却喜诗人吟不倦，岂令寂寞度朝昏？

其二

蘅芷阶通萝薜门，也宜墙角也宜盆。花因喜洁难寻偶，人为悲秋易断魂。玉烛滴干风里泪，晶帘隔破月中痕。幽情欲向嫦娥诉，无那虚廊月色昏！

众人看一句，惊讶一句，看到了，赞到了，都说："这个不枉作了海棠诗，真该要起海棠社了！"湘云便说："明日先罚我请客，就让我先邀一社怎样？"

众人都说好，又给她看昨天的诗，大家评说一番，十分有趣。

【博闻馆】

为什么起诗社要起别号？

为什么还没起诗社，黛玉便风趣地说"咱们都是诗翁"，要取个别号呢？

原来，在古代，直呼其名是不尊重的，一般人尤其是同辈和属下，只许称尊长的字而不能直呼其名。唐宋以后，读书人之间在称呼上大做文章，称字是为了表示尊敬，但时间长了之后，渐感称字还不够恭敬，于是又有了比字更表恭敬的号。起诗社做诗翁，是风雅的事，所以要起个号作为雅敬的称呼。

号也叫别称、别字、别号。名、字是由尊长代取，而号则不同，号最初是自取的，称"自号"；后来，才有别人送上的称号，称"尊号""雅号"等。

林潇湘夺魁菊花诗

第二天，湘云果然请贾母等人赏桂吃蟹。原来湘云人在客中，手上并没有钱，一时口快说要请客，等到想起来已经晚了。幸好宝钗帮湘云预备了这次宴席，因此湘云十分感激宝钗。

贾母听说湘云请客，高兴地说："云丫头好，别扫她的兴。"果然带了王夫人、凤姐、薛姨妈等人往藕香榭来。藕香榭盖在池中，坐在这里，能看到山坡下那两棵桂花开得正好。

进入榭中，只见栏杆外另放着两张竹案，一个上面摆着杯筷酒具，一个上头设着各色茶具。几个丫头就在栏外煮茶烫酒。贾母高兴地说："这茶想的周到，地方东西都干净。"湘云笑说："这是宝姐姐帮着我预备的。"贾母说："我说这个孩子细致，凡事想得妥当。"因又回头向薛姨妈说："我小时候，家里也有这么个亭子，叫'枕霞阁'。我像她们这么大，也天天同姊妹们去玩，谁知有一天失了脚掉下去了，差点没淹死，虽救了上来，头却被钉子碰破了，都说我活不了了，谁知竟然好了。现在这鬓角上还有指头尖大一块窝儿呢。"

凤姐笑说："可知老祖宗从小的福寿就不小，鬼使神差碰出那个窝儿来，好盛福寿的。寿星老儿头上原是一个窝儿，因为万福万寿盛满了，所以倒凸高出些来了。"还没说完，贾母和众人都笑软了。

说笑间，一起进入亭子。献过茶，凤姐便吩咐："螃蟹不要多拿，仍旧放在蒸笼里，拿十个来，吃了再拿。"一面洗了手，站在贾母跟前剥蟹肉，先让薛姨妈，薛姨妈说："我自己掰着吃香甜，不用人让。"凤姐便拿给贾母，二次的便给了宝玉，又说："把酒烫热了拿来。"又命小丫头们去取菊花叶儿桂花蕊熏的绿豆面子来，预备洗手。

史湘云陪着吃了一个，就下座来让人，又出去令人盛了两盘子给赵姨娘、周姨娘送去。凤姐便走来说："你吃你的去，我先替你张罗，等散了我再吃。"湘云不肯，又令人在那边廊上摆了两桌，让鸳鸯、琥珀、彩霞、彩云、平儿等去坐。

凤姐张罗了一阵，便来到鸳鸯她们那席喝酒吃蟹，说笑一阵。贾母听见十分热闹，便问："乐什么呢？也不告诉我们笑笑。"鸳鸯等忙高声笑着回答："二奶奶来抢螃蟹吃，平儿恼了，抹了她主子一脸的螃蟹黄子，主子奴才打架呢。"贾母和王夫人等听了也笑起来。

这一顿螃蟹，倒够普通庄户人家过一年了。

螃蟹虽好，但不可多吃，因此吃了一会儿，贾母便不吃了。大家洗了手便去赏花看鱼，又玩儿了一阵，贾母等就回去了。等她们走了，湘云便将今日诗题用针绾在墙上：原来是以人为主、以菊花为宾的十二个题目，不限韵。大家都说新奇！

大家先依旧吃喝游玩，思索了一阵，便各自领题而去。一顿饭工夫，十二题全部完成，各自誊出来，都交给迎春。李纨等人从头看起，原来各人作的是：

《忆菊》蘅芜君，《访菊》怡红公子，《种菊》怡红公子，《对菊》枕霞旧友；《供菊》枕霞旧友；《咏菊》潇湘妃子；《画菊》蘅芜君；《问菊》潇湘妃子；《簪菊》蕉下客；《菊影》枕霞旧友；《菊梦》潇湘妃子；《残菊》蕉下客。

众人看一首，赞一首，彼此称扬不已。李纨笑说："通篇看来，各有各人的警句。今日公评《咏菊》第一，《问菊》第二，《菊梦》第三，题目新，诗也新，立意更新，一定要推潇湘妃子为第一名了。然后《簪菊》《对菊》《供菊》《画菊》《忆菊》次之。"宝玉听说，高兴地拍手叫："极是，极公道。"

黛玉说："我那首也不好，太纤巧了。"李纨说："恰到好处，一句'口齿噙香'能敌过多少好句。"探春又道："到底要算蘅芜君沉着，'秋无迹''梦有知'，把个'忆'字全都烘染出来了。"宝钗笑说："你的'短鬓冷沾''葛巾香染'，也就把簪菊形容得一个缝儿也没了。"湘云说："'偕谁隐''为底迟'把个菊花问得无言可对。"李纨笑说："你的'科头坐''抱膝吟'，竟然一刻也不能离开，若菊花有知，也必烦了。"说的大家都笑了。

这一次，又是宝玉落第了，李纨安慰他说："你的也好，就是比不上她们那几首新奇。"大家又评了一回，重新要了热螃蟹吃了起来。

说到这一顿螃蟹，搭上酒菜，共要二十多两银子，倒够普通庄户人家过一年了。

【博闻馆】

用"绿豆面子"洗手？

吃螃蟹的时候，凤姐让丫头取"绿豆面子"来预备着洗手，"绿豆面子"不是吃的吗？怎么用来洗手呢？

原来，吃螃蟹以清蒸最好，保留了原汁原味。美中不足的是，吃过之后，手上总会留下螃蟹的腥气，不易除去。古代又没有我们今天使用的香皂之类的洗涤用品，只好就地取材，用豆末和一些药物混在一起，成为"澡豆"，形成了原始的除污清洁用品。而贾府还将绿豆面子与桂花蕊等天然香料密封在一起，这样，使用起来不仅可以洗净双手，还能让手上留下桂花的香味。

刘姥姥二进荣国府

秋 天丰收季节，上次来打抽丰的刘姥姥带着板儿又来到贾府。这次她熟门熟路，扛了些新鲜的瓜果蔬菜来找凤姐请安。凤姐留刘姥姥歇一夜再走，正巧贾母知道了，便要见刘姥姥。

刘姥姥忙跟着平儿和周瑞家的来到贾母房中。只见满屋子珠围翠绕，花枝招展，贾母歪在榻上，身后还有个纱罗裹的美人一般的丫鬟给她捶腿，凤姐正站着说笑。

刘姥姥忙上来陪笑纳福说："请老寿星安。"贾母也欠身问好，叫刘姥姥"老亲家"，又让刘姥姥坐着说闲话。刘姥姥便说些乡间所见所闻给贾母听，贾母得了趣味，留刘姥姥吃饭，又要带她去逛逛大观园，于是刘姥姥便在贾府住了下来。

次日清早起来，贾母已带了一群人进园子里来了，李纨忙叫碧月捧过一个大荷叶式的翡翠盘子来，里面盛着各色的折枝菊花。贾母拣了一朵大红的簪于鬓上，凤姐便拉过刘姥姥，笑说："让我打扮你。"说着，将一盘子花横三竖四地插了一头，把刘姥姥打扮成了个老妖精。贾母和众人笑得前仰后合，刘姥姥也笑说："我这头也不知修了什么福，今儿这样体面起来。"

说笑间，已来到沁芳亭子上，贾母问刘姥姥："这园子好不好？"刘姥姥念佛说："我们乡下人，见画好看，总说能到画里走一趟就好了。今天才知道这园子可比画强十倍呢！"贾母听了笑指着惜春说："我这小孙女就会画，明儿给你画一张。"刘姥姥高兴得直夸惜春是神仙托生的。稍歇一会儿，贾母便又带着刘姥姥和众人到各处去逛。先到潇湘馆，再去紫菱洲蓼溆（liǎo xù）一带，从这里坐船去秋爽斋。

　　到了秋爽斋，早饭便摆在晓翠堂上，大家坐好，贾母让刘姥姥挨着她坐。刘姥姥便入了座，拿起筷子来，只觉沉甸甸的不顺手。原来是凤姐和鸳鸯商议了，单拿了一双老年四楞象牙镶金的筷子与刘姥姥，刘姥姥见了说："这筷子比铁锹还沉，怎么拿得起它？"说得众人都笑起来。凤姐偏拣了一碗鸽子蛋放在刘姥姥桌上。贾母便说一声："请！"刘姥姥赶紧站起来高声说："老刘，老刘，食量大如牛，吃一个老母猪，不抬头！"自己却鼓着腮不语。

　　众人先还发怔，后来听明白了，上上下下都哈哈大笑起来。史湘云撑不住，一口饭都喷了出来，林黛玉笑岔了气，伏在桌子上直叫"嗳哟！"宝玉滚到贾母怀里，贾母笑得搂着宝玉叫"心肝"，王夫人笑得用手指着凤姐儿，只说不出话来。薛姨妈也撑不住，口里茶喷了探春一裙子，探春手里的饭碗都掉落在迎春身上，惜春离了座位，拉着她奶妈叫"揉一揉肠子"。堂下的人无一个不弯腰屈背，也有躲出去蹲着笑去的，也有忍着笑上来替姑娘们换衣裳的，独有凤姐鸳鸯二人撑着，还只管让刘姥姥。

　　刘姥姥又说："这里的鸡儿也俊，下的这蛋也小巧，我吃一个。"凤姐儿笑说："一两银子一个呢，你快尝尝，冷了就不好吃了。"刘姥姥便拿起筷子来夹，哪里夹得起来，满碗里闹了好一阵，撮起一个来，才伸着脖子要吃，偏又滑下来滚在地下，忙放下筷子要亲自去捡，早有堂下的人捡了出去了。刘姥姥叹说："一两银子，也没听见响声儿就没了。"

吃完饭，大家闲话了一会儿，贾母又带着众人去荇（xìng）叶渚（zhǔ）坐船，一路行去，过了花溆的萝港，沿路又去看了蘅芜院，才在藕香榭停下喝酒，又听园中十二个戏子演习乐曲。贾母便要行令，众人都叫好。唯独刘姥姥摆手说："我不会，可要回家去了！"鸳鸯要罚她喝一壶，她才不敢做声了。于是一一行起令来。轮到刘姥姥了，鸳鸯便说："左边'四四'是个人。"刘姥姥想了半天，说："是个庄家人吧。"众人哄堂大笑，贾母笑说："说得好，就是这么说。"众人都十分欢乐。

贾母又命凤姐儿喂刘姥姥吃点茄鲞（xiǎng）。刘姥姥嚼了好一阵才说："茄子跑出这个味来，我们不种粮食，只种茄子了。"便问凤姐如何做的？原来倒要十来只鸡配它，怪不得有这个味！喝过酒后，又上点心，都是刘姥姥和板儿没见过的，玲珑剔透，精致非凡。刘姥姥嚷着要带回去给人做花样子，贾母说："等你回去的时候，我送你一坛子。"

吃得太多，刘姥姥肚子有些不舒服起来，便去厕所，回来不辨方向，走到怡红院里来了。左转右转的，却迎头见她亲家母来了，戴了一头花。刘姥姥诧异地问："你怎么来了？"上前伸手一碰，却是冰凉的，才想起平日听说的，这便是富贵人家里的穿衣镜了。穿衣镜后面有一副精致的床帐，刘姥姥便坐着歇歇，不料倒下去就在宝玉的床上睡着了。

北京大观园内的怡红院

　　幸好袭人找到她，没让众人知道。这里贾母也累了，众人便回去了。

　　刘姥姥这次将从未见过、从没吃过的，都体验了一遍，临走贾府人又送她许多银两和东西，因此千恩万谢地回家去了。

【博闻馆】

为什么每次都是凤姐站着？

　　无论是螃蟹宴，还是平时吃饭，为什么黛玉宝钗等姐妹们都坐着，身为嫂子的凤姐反而要站着呢？

　　原来，按照旗人的习俗，媳妇的地位要低于没有出嫁的小姑。宴席的时候，公公婆婆上坐，小姑侧坐，媳妇则侍立于旁，恭谨如仆妇。所以，凤姐虽然在荣府当家，十分有威信，但出于礼法，还是要在贾母等人吃饭的时候殷勤张罗的。

金兰契宝黛解心结

这天，往贾母处问过安后，宝钗便叫黛玉说："颦儿跟我来。"黛玉便跟着宝钗来到蘅芜院。进了房，宝钗自己先坐了，笑说："你跪下，我要审你。"黛玉不解，便笑说："宝丫头疯了！"宝钗冷笑说："好个千金小姐！好个不出闺门的女孩儿！满嘴说的是什么？你就实话实说吧！"

宝钗所住的蘅芜院

黛玉只管发笑，心里也不免疑惑起来，口里只说："我哪里说过什么？你倒说出来听听？"宝钗笑说："你还装呢，昨天行酒令，你说的是什么？"黛玉一想，才记起昨天随着贾母等行酒令，一时不注意，把那《牡丹亭》《西厢记》说了两句，不觉红了脸，便上来搂着宝钗笑说："好姐姐，我也不知道，随口说的，你教给我。"宝钗也笑说："我也不知道，所以请教你。"黛玉忙央告说："好姐姐，你别告诉别人了，我以后再不说了。"

宝钗见她羞得满脸飞红，便不逼问，反拉着她喝茶，慢慢地告诉她说："你以为我是谁？我也是淘气的。我家也算个读书人，祖父手中藏书极多。那时家里人多，兄弟姐妹们都在一处，爱诗爱词，至于'西厢''琵琶''元人百种'也无所不看。他们背着我们看，我们背着他们看，后来大人知道了，打的打，骂的骂，烧的烧，才丢开了。所以，男人读书不明理，不如去耕种做买卖呢！何况你我？我们只该做些刺绣纺织的事，偏又认识几个字，既然认识了字，也只该看看正经的书，最怕见了些杂书，移了性情，就不可救了。"

一席话说得黛玉垂头喝茶，心中暗伏，只有答应"是"的份儿。

忽然李纨的丫头素云来请，宝钗黛玉便跟着她往稻香村来，原来众姐妹和宝玉都在呢。李纨见了她们两个，笑说："诗社才起，就有人偷懒，四丫头要告一年的假呢！"黛玉便说："论理一年也不多，这园子盖就盖了一年，如今要画，得两年多工夫呢！又要研磨，又要蘸笔，又要铺纸，又要着颜色，又要……"刚说到这里，自己憋不住要笑，众人便催她："又要怎样？"黛玉便接下去说："又要照着样儿慢慢地画，可不得两年的工夫？"众人听了，都拍手笑个不停。宝钗便笑："'又要照着样儿慢慢地画'这句最妙。昨儿笑得虽痛快，但没什么回味，颦儿这几句虽淡，回想却有滋味，我笑得不能动了。"惜春说："宝姐姐还夸她呢，她今后更要拿我取笑了。"

黛玉忙拉惜春笑说："我问你，是单画这园子呢，还是众人都画在上头呢?"惜春说："老太太说要连人都画上呢!"黛玉便说："草虫呢?"李纨说："你又不通了,那上头哪用得着草虫?"黛玉说："别的倒没什么,昨儿的'母蝗虫'不画上,岂不缺了典?"众人听了,越发笑起来,黛玉笑得捧着胸口说："我连题跋都有,就叫《携蝗大嚼图》!"众人哄堂大笑,只听咕咚一声,湘云笑得连人带椅都倒在地上。

这时宝玉便向黛玉使个眼色,黛玉会意,进里间照了照镜子,见两鬓松了点,便整理一番才出来。这里宝钗给惜春开画具单子,又是各色笔、颜料,画碟,绢笋,又是炉子、沙锅、水桶、木箱等,还要"实地纱一丈、生姜二两、酱半斤",黛玉听了忙接口说："铁锅一口,铁铲一个。"宝钗问："这干什么用?"黛玉说："你要生姜和酱这些作料,我给你要铁锅来,好炒颜色吃啊!"众人又笑起来。宝钗便告诉她："你哪知道,那粗碟子不拿姜汁和酱预先在底下抹了,烤起来要炸的。"众人听了说："原来如此。"

黛玉看了单子,又拉探春说："你瞧瞧,画个画儿哪里需要这么多水缸箱子?一定是糊涂了,把嫁妆单子写上了。"探春笑说："宝姐姐,你听听!"宝钗便过来把黛玉按在炕上,要拧她的脸,黛玉笑着忙央告："好姐姐,颦儿年纪小,说话不知轻重,做姐姐的教导我,姐姐不饶我,还求谁去!"宝钗听她又提起看书的事,便不好和她玩闹了,放她起来。黛玉笑说："到底是姐姐,要是我,再不饶的。"宝钗笑指她说："怪不得老太太疼你,众人爱你,今儿我也怪疼你的了。过来,我替你把头发拢一拢。"黛玉果然转过身来,宝钗用手拢上去。

宝玉在旁看着，只觉得更好，后悔不该让黛玉自己抿上鬓去，也该留着，此时叫宝钗替她抿去。

【博闻馆】

有关嫁妆

黛玉笑宝钗把嫁妆单子也开上了，那么"嫁妆"是什么呢？

原来，嫁妆是女子出嫁时从娘家带到丈夫家去的钱物。各地、各民族的风俗习惯不同，所送的嫁妆也会不同。古代的嫁妆是女人的私有财产，婆家是无权动用和干涉的。女人去世后，她的嫁妆只能由亲生子女继承，如果没有子女，则要由娘家后人继承。如果女人被休或者离开夫家，嫁妆可以自己带走，没有分割一说。婆家若侵占媳妇的嫁妆，在古代是非常恶劣的行为，传出去对名声十分不利。

鸳鸯女誓绝鸳鸯偶

这天，邢夫人叫凤姐来商量，原来是贾赦想讨贾母的大丫鬟鸳鸯做妾。凤姐便劝说："老太太离了鸳鸯连饭都吃不下，怎么会舍得呢？她还常说老爷小老婆太多，别耽误了人家。太太您听，这叫我怎么去说啊？"不料邢夫人生了气，反说凤姐不懂事。凤姐只好假意随着她说："还是太太说得对，我知道什么，想来老太太还是疼儿子，一个丫鬟有什么不给的？"

二人商量了，邢夫人便先来贾母房中请安，完了便去找鸳鸯，把这个话跟鸳鸯说了。原以为鸳鸯是府上仆人生的女儿，现在能转成半个主子的妾，她一定是乐意的，哪知鸳鸯虽不敢顶撞邢夫人，但也不说一句"愿意"。因为她父母在南京，因此邢夫人便让鸳鸯的哥哥嫂子接了她来劝，却无论怎么许诺她光彩体面，鸳鸯都是咬牙不愿意。

鸳鸯的哥哥金文翔没办法，只好回禀贾赦，贾赦便说："'自古嫦娥爱少年'，她必定嫌我老了，多半是看上了宝玉，只怕也有贾琏，或者想嫁到外面，聘个正头夫妻去。你告诉她，死了这心，最好现在回心转意，否则将来还是落在我手里！"金文翔忙应了又应，把这个话告诉鸳鸯，气得鸳鸯无话可说。想了想，便说："我就是愿意去，也得告诉老太太一声啊！"

听了这话，她哥嫂都以为她回心转意，高兴极了，便马上带着她来见贾母。

正巧王夫人、薛姨妈、李纨、凤姐儿、宝钗等姐妹和几个执事有头脸的媳妇，都在贾母跟前凑趣儿呢。鸳鸯暗自庆幸，拉了她嫂子，到贾母跟前跪下，一边哭，一边说，把邢夫人怎么来说亲，她哥嫂如何说都倒了出来，又说："因为不依，方才大老爷便说我恋着宝玉，不然要等着往外聘，我终究会落在他手里，那时就要报仇了！我现在当着众人在这里便说了，我这一辈子别说是'宝玉'，就是'宝金''宝银''宝天王''宝皇帝'我也不嫁！万一老太太逼着我，我一刀抹死了，也不能从命！若有造化，我死在老太太之先，若没造化，我服侍老太太归了西，要么寻死，或是剪了头发当尼姑去！若说我不是真心，天地鬼神、太阳月亮照着，嗓子长疮！"原来她进来时便藏了一把剪子在身上，说到这里便打开头发来绞，众婆娘丫鬟来拉住，已经剪了半绺下来了。

贾母听了，气得浑身乱颤，口内只说："我就只剩下这么一个可靠的人，他们还要来算计！"又见王夫人在一旁，便向她说："你们原来都是哄我的！外头孝敬，暗地里盘算我！"王夫人忙站起来，不敢说一句话。

之前李纨一听见鸳鸯的话，早带了姑娘们出去，这时探春在窗外听见，便走进来向贾母陪笑说："这事与太太有什么关系？老太太想一想，大伯子要纳妾，小婶子怎么会知道呢？"话未说完，贾母笑说："我老糊涂了！姨太太别笑话我，你这个姐姐极孝顺我，不像我那大太太一味怕老爷，婆婆跟前不过是应付而已，真是委屈了她。"薛姨妈忙说："老太太偏心，多疼小儿子媳妇，也是有的。"贾母道："不偏心!"又说道:"宝玉,我错怪了你娘,你怎么看着你娘受委屈?"宝玉笑道:"我总不能说大爷大娘吧?总共一个不是,我娘在这里不认,谁认?我倒要认是我的不是!"贾母笑道:"这也有理。你快给你娘跪下,说太太别委屈了,老太太有年纪了,看着宝玉罢。"宝玉听了,忙走过去,便跪下要说,王夫人忙笑着拉他起来说:"断乎使不得!老太太怎么能给我赔不是?"宝玉忙又站起来。

贾母又笑说:"凤姐儿也不提醒我!"凤姐儿笑说:"我不说老太太的不是,老太太倒来说我了?"贾母和众人听了,都不解,凤姐儿说:"谁让老太太会调教人,水葱儿似的,怎么能怨别人来要?我幸亏是孙子媳妇,若是孙子,我早要了!"

如此说笑一阵,这件事才算过去了。

【博闻馆】

《红楼梦》中的奴婢是从哪里来的?

贾府中有大量的奴婢,身份地位都不一样,那么他们都是从哪里来的呢?

其中一个最重要的来源是花钱购买。如贾赦因为没把鸳鸯弄到手,后来就花了五百两银子买了个女孩做小老婆。第二个来源是"家生子",也叫"奴产子""家生奴",这种形式使得奴婢的子嗣世代为奴,别无他路。鸳鸯便是"家生女"。第三个来源是掠夺和定罪查抄的人口。在清代,通过战争和圈地,满洲贵族获得了大量的奴隶。而获罪被抄了家,其家属也可能沦为奴仆。后来贾府被抄家时,便是"所有财产房地等项并家奴等,俱已造册收尽"。

苦吟诗香菱梦佳句

近日薛蟠因故出门去做生意，宝钗便带了香菱去蘅芜院与她做伴。这天，香菱来潇湘馆找黛玉，要拜她为师，学作诗。黛玉与她讲说一番"起承转合"和"平仄虚实"，又借了一套《王摩诘全集》给她，让她读红圈里选的。香菱拿着诗集回去，便什么事也不管，只向灯下一首一首地读起来，宝钗数次催她睡觉，她也不睡。

古本《王维集》

这天，黛玉刚梳洗完，便见香菱笑吟吟地送了书来。黛玉说："领略了一些没有？"香菱笑说："据我看来，诗的好处，有口里说不出来的意思，仔细想想却是逼真的。有似乎无理的，想来竟是有理有情的。"黛玉笑说："这话有了些意思。"

香菱笑说:"我看《塞上》有一联是:'大漠孤烟直,长河落日圆。'想来烟怎么会是直的呢?日自然是圆的:这'直'字似无理,'圆'字似太俗。合上书一想,倒像是见了这景似的。若说再找两个字换,还找不出来。再还有'日落江湖白,潮来天地青',这'白''青'二字也似无理,想来,又必须是这两个字才形容得尽,念在嘴里倒像有几千斤重的一个橄榄似的。还有'渡头余落日,墟里上孤烟',这'余'字和'上'字,难得他能想得出!我们那年到京城来,傍晚停泊,岸上没有人,只有几棵树,远远的几家在做晚饭,那个烟竟是碧青的,连云直上。我昨晚读了这两句,就像又回到那个地方去了。"

黛玉笑说:"你说他这'上孤烟'好,却不知是套用了前人的诗句。"便翻出陶渊明的"暧暧远人村,依依墟里烟"给香菱瞧,香菱点头叹赏说:"原来'上'字是从'依依'两个字化出来的。"

香菱便央求黛玉给她出个题作诗,黛玉便说:"昨夜月最好,你就作一首十四寒的韵,随便你用哪些字。"香菱听了,高兴地换了杜律回来,一会儿苦思几句诗,一会儿又舍不得杜律,拿起来读两首。如此茶饭不思,当晚便写下诗来,第二日拿给黛玉看:

月桂中天夜色寒,清光皎皎影团团。诗人助兴常思玩,野客添愁不忍观。翡翠楼边悬玉镜,珍珠帘外挂冰盘。良宵何用烧银烛,晴彩辉煌映画栏。

黛玉笑说:"意思有了,只是措词不雅。皆因你看的诗少，被束缚了。忘了这首，只管放开胆子再作一首吧。"

香菱听了，默默地回来，连房也不入，只在池边树下，或坐在山石上出神，或蹲在地下抠土，一会儿皱眉，一会儿含笑，来往的人都觉得诧异。一会儿，她又兴冲冲地往黛玉那边去了。黛玉看了说："难为你了，只是还不好。这一首过于穿凿了。"宝钗和众人也来了，便要了诗看：

非银非水映窗寒，试看晴空护玉盘。淡淡梅花香欲染，丝丝柳带露初干。只疑残粉涂金砌，恍若轻霜抹玉栏。梦醒西楼人迹绝，余容犹可隔帘看。

宝钗笑说："不像吟月了，句句倒是月色。这也罢了，再过几天就好了。"香菱自以为这首很好，听如此说，自己扫了兴，不肯放弃，又思索起来。她走到阶前竹下闲步，挖心搜胆，耳不旁听，目不别视。一时探春隔窗笑说："菱姑娘，你闲闲罢。"香菱怔怔答道："'闲'字是'十五删'的，你错了韵了。"众人听了，不觉大笑起来。

这一天回来，香菱满心中还是想诗，睡得很晚。一时天亮，宝钗醒了，见她安稳睡了，心想："她翻腾了一夜，不知是否作成了？估计她也累了，先别叫她。"正想着，只听香菱在梦中笑说："有了，难道这首还不好？"宝钗听了，又是可叹，又是可笑，连忙唤醒她。

原来香菱苦志学诗，精血诚聚，白天做不出，忽然在梦中得了八句。梳洗完了，忙写出来，拿给黛玉看。恰好李纨和众姐妹都在，香菱便说："你们看看，这首若好，我便还学，若还不好，我就死了这作诗的心了。"大家便看诗：

精华欲掩料应难，影自娟娟魄自寒。一片砧（zhēn）

敲千里白，半轮鸡唱五更残。绿蓑江上秋闻笛，红袖楼头夜倚栏。博得嫦娥应自问：缘何不使永团圞（luán）？

众人看了说："这首不但好，而且新巧有意趣。可知俗语说'天下无难事，只怕有心人'，诗社里一定请你了。"

从此，大观园里又多了一位诗人。

【博闻馆】

"起承转合"与"平仄虚实"

香菱学诗，黛玉先跟她讲"起承转合"与"平仄虚实"，这是作诗入门的理论。具体来说，前者指旧体律诗的层次结构，"首联"也叫"起联"，"颔联"承笔衔接，"颈联"起笔呼应，上承"颔联"，转折突起，力避平铺直叙，"尾联"则为"合"，结句。

"平仄（zè）"指平声和仄声，诗文声律用字，以四声中平声字称"平"，以上（shǎng）、去、入三声为"仄"。旧体诗的用字，都有规定的平仄格式，以使声调和谐。"虚实"是指虚词和实词的对应，律诗共八句，中间四句规定为两副对子，要依词性虚实相对，通常是实词对实词，虚词对虚词。

琉璃世界啖鹿联诗

这天，邢夫人的兄嫂带了女儿岫（xiù）烟进京来投奔邢夫人，正巧凤姐之兄王仁也进京，两亲家碰到一处了，到半路泊船时，正遇见李纨的寡婶带着两个女儿——大名李纹，次名李绮（qǐ）——也上京。大家说起来又是亲戚，因此三家一路同行。后有薛蟠的从弟薛蝌，因当年父亲在京时已将胞妹薛宝琴许配都中梅翰林之子为婚，正要进京张罗婚事，听说王仁进京，他也带了妹子随后赶来。所以今日会齐了来访投各人亲戚。

于是大家见礼叙过，贾母、王夫人都非常欢喜。贾母笑说："难怪昨儿晚上灯花爆了又爆，结了又结，原来应到今日。"

且不说别的，四个女孩儿都长得灵秀，其中宝琴更是出类拔萃，贾母十分疼爱，还让王夫人认了她做干女儿，晚上就跟着贾母休息。邢岫烟便与迎春住在一处，李纹、李绮跟母亲在稻香村安顿下来。

谁知保龄侯史鼐（nài）又升任了外省大员，要带家眷去上任。贾母舍不得湘云，便留下她了。湘云执意要跟宝钗一起住。

此时大观园中比先前更热闹了不少，李纨为首，余者迎春、探春、惜春、宝钗、黛玉、湘云、李纹、李绮、宝琴、邢岫烟，再添上凤姐儿和宝玉，一共十三个。其中多是能诗会文的，诗社也因此兴旺起来。

那日下雪，大观园里众人商议了第二天去芦雪庵拥炉作诗。宝玉担心第二天天晴了就没有好雪了，一夜没有睡好。第二天醒来一看，虽门窗尚掩，只见窗上光辉夺目，心想一定是太阳出来了。推开窗一看，原来不是日光，竟是一夜大雪，有一尺多厚，天上仍是搓绵扯絮一般。宝玉满心欢喜，洗漱完了就赶到芦雪庵。那边丫头婆子笑说："姑娘们吃了早饭才来呢，你也太性急了！"

大观园里的芦雪庵

宝玉只得回来，去贾母处吃饭。一时姐妹们来齐了，宝玉连连催饭，等不及，就拿茶泡了饭吃。贾母说："我知道你们今儿又有事情，连饭也顾不得吃了。"便叫"留着鹿肉给他晚上吃"，凤姐忙说"还有呢"，贾母才放心。史湘云便悄悄地与宝玉商议："有新鲜鹿肉，不如咱们要一块，自己拿到园里，边玩边吃。"宝玉听了，巴不得这样，便真和凤姐要了一块，命婆子送入园去。

大家饭后一起来到芦雪庵，独不见湘云、宝玉二人，黛玉道："他两个这会儿一定算计那块鹿肉去了！"正说着，只见李婶也走来看热闹，便问李纨："怎么一个带玉的哥儿和那一个挂金麒麟的姐儿，那样干净清秀，又不少吃的，在那里商议着要吃生肉呢，说的有来有去的。我只不信肉也可以生吃的？"众人听了，都笑道："了不得，快找了他两个来。"

李纨等忙出来找着他两个说："你们两个要吃生的，我送你们到老太太那里吃去！"宝玉笑说："没有的事，我们烧着吃呢。"只见老婆子们拿了烧烤的铁炉、铁叉等炊具来，李纨说："这还可以，小心别割了手，割破了不许哭！"

恰好平儿来了，见如此有趣，也围着火炉儿，三人便要先烧三块吃。那边宝钗、黛玉平素看惯了，不觉得奇怪，宝琴等及李婶却觉得稀奇。探春闻到香气，便也找了来吃。李纨便说："客已齐了，你们还吃不够？"湘云一面吃，一面说："我吃这个才爱喝酒，喝了酒才有诗。若不是这鹿肉，今儿断不能作诗。"

说着，只见宝琴站在那里笑，湘云笑说："傻子，过来尝尝。"宝琴笑说："怪脏的。"宝钗说："你尝尝去，好吃的。你林姐姐弱，吃了不消化，不然她也爱吃。"宝琴听了，便过去吃了一块，果然好吃，便也吃起来。这时只见凤姐也披了斗篷走来，笑说："吃这样的好东西，也不告诉我！"说着也凑着一处吃起来。黛玉笑说："哪里找这一群花子去！罢了，罢了，今日芦雪庵遭劫，生生被云丫头作践了。我为芦雪庵一大哭！"湘云冷笑说："你知道什么！'是真名士自风流'，你们都是假清高，最可厌的。我们这会儿大吃大嚼，过后却是锦心绣口了。"

吃完了，大家重新回房中联诗，湘云果然敏捷多才，算了算，数她的最多。众人都笑："都是那块鹿肉的功劳！"

【博闻馆】

"名士"是些什么人？

黛玉说要"为芦雪庵一大哭"，湘云冷笑说，"你知道什么！'是真名士自风流'"，那么湘云说的"名士"是指什么人呢？

名士一词，源于我国古代魏晋时期。魏晋多名士，他们的特点是：多隐居，形貌潇洒，说怪话但博学多才，偶尔也有放浪形骸的。逐渐地发展，"名士"的具体含义主要有：1. 名望高而不做官的人；2. 以学术诗文等著称的知名士人；3. 恃才放达、不拘小节的人。

元宵夜贾母破陈套

转眼一年过去，贾府张灯结彩，热热闹闹地过起年来。到十五日元宵节，自然也要开夜宴，喝酒吃元宵，众女眷围着贾母看戏。

元宵节，喝酒吃元宵。

一时歇了戏，有婆子带了两个门下常走的说书的女先儿进来。贾母便问："近来有些什么新书？"女先儿回说："倒有一段新书，是残唐五代的故事，叫《凤求鸾》。"贾母说："这名字倒好，不知因什么起的？"女先儿说："这书上说残唐之时，有一位乡绅，本是金陵人氏，名叫王忠，曾做过两朝宰辅，如今告老还家，膝下只有一位公子，名叫王熙凤。"众人听了，都笑起来。贾母笑道："这人和我们凤丫头重了名了。"女先生忙笑着站起来说："我们该死了，不知是奶奶的名讳。"凤姐笑说："怕什么，只管说，重名重姓的人多呢。"

女先生又说："这年王公子上京赶考，遇见大雨，进到一个庄上避雨。谁知这庄上也有个乡绅，姓李，与王老爷是世交。这李乡绅膝下无儿，只有一位千金小姐，芳名叫作雏鸾（chú luán），琴棋书画，无所不通。"贾母忙说："难怪叫作《凤求鸾》，我猜着了，一定是这王熙凤要娶这雏鸾小姐为妻。"女先儿笑说："老祖宗原来听过这一回书。"众人都说："老太太什么没听过！便没听过，也猜着了。"

贾母笑说："这些书都是一个套路，不过是些佳人才子，最没趣儿。开口都是书香门第，父亲不是尚书就是宰相，生一个小姐必是爱如珍宝，这小姐又必是通文知礼、无所不晓的绝代佳人。只一见了个清俊的男人，不管是亲是友，便想起终身大事来，父母也忘了，书礼也忘了，鬼不成鬼，贼不成贼，哪一点儿是佳人？再者，既是世家，奶妈丫鬟等服侍小姐的人也不少，怎么就只写了一个紧跟的丫鬟？其他人可管什么去了？难道不是前言不搭后语？"

众人听了，都笑说："老太太这一说，把谎话都揭穿了。"贾母笑说："那编书的人哪知道世宦读书家的道理！不过是妒忌加胡诌吧，所以我们从不许说这些书，丫头们也不懂这些话。这几年我老了，偶然闷了，说几句听听，她们一来，就不听了。"李薛二人都笑说："这正是大家的规矩，我们家也不许孩子们听见这些杂话。"

凤姐走上来斟酒，笑说："酒冷了，老祖宗喝一口润润嗓子再掰谎。这一回就叫《掰谎记》，就出在本朝本地本年本月本日本时，老祖宗一张口难说两家话，花开两朵，各表一枝。是真是谎且不说，再整那观灯看戏的人。老祖宗先让这二位亲戚吃一杯酒看两出戏，再从逐朝话言掰起如何？"未曾说完，众人俱已笑倒。两个女先生也笑个不住，都说："奶奶好口才，奶奶要一说书，我们就连吃饭的地方也没了。"

贾母也笑了，大家喝酒，行令说笑话，又看爆竹，直闹到四更才休息。

【博闻馆】

"四更"是什么时候？

"更"是我国古代一种独特的夜间计时方法，出现较晚。古人把一夜分成五更，每更时间长短根据夜的长短而定。每"更"大致等于一个时辰。一更，即戌（xū）时，相当于现在的19点至21点；亥时是二更，为21点至23点；三更为子时，是23点到凌晨1点；四更为丑时，为1点到3点；五更为寅时，为3点到5点。三更就到了半夜了，"三更半夜"由此而来。

兴利除弊探春理家

话说凤姐年前年后操劳过度，病倒了。王夫人便请李纨来管家中琐事，又让探春、宝钗两个帮着照应。这天，姊妹三人正议论家务，平儿来了，探春便说："那次去赖大家，你也去了，你看他那小园子比咱们这个如何？"平儿笑说："没咱们这一半大，树木花草也少多了。"探春说："我和他家女儿闲聊，原来那么个园子，除她们戴的花、吃的笋菜鱼虾之外，一年还有人包了去，年终可以拿到二百两银子。从那日我才知道，一个破荷叶，一根枯草根子，都是值钱的。"

荷叶可入药，可做羹食，所以"一个破荷叶也是值钱的"。

探春又接着说："咱们这园子就算只比他们的多一半，一年就有四百两银子的收入。若说依靠这个赚钱，不是咱们这样人家的做派，但可以派老妈妈们收拾整理，也不要她们交租纳税，只问她们一年可以孝敬些什么。一则园子有专门的人修理，花木自然一年比一年好；二则也不至糟蹋了东西；三则老妈妈们也可借此赚点钱，不枉在园中辛苦；四则可以省了这些工匠和打扫人等的工费。用有余补不足，不是不可以。"

宝钗正在看壁上的字画，听如此说，便笑说："善哉，三年之内无饥馑矣！"李纨笑说："好主意，若能实行，太太一定会高兴。"

平儿忙说："我已明白了，姑娘说谁好就派谁。"探春说："必须告诉你奶奶一声。"平儿便去了，一会儿回来笑说："我说是白走一趟，这样的好事，奶奶哪会不同意呢。"

探春便和李纨命人将园中所有婆子的名单要来，大家一起考虑，大概定了几个。又将她们一起叫来，李纨大概告诉与她们，众人听了，都很愿意。

众婆子去后，三人便从册子里选出几人来："这个老祝妈是个可靠的，她老头子和儿子代代都是管打扫竹子，就把这里所有的竹子交给她；这一个老田妈本是种庄稼的，稻香村一带的菜蔬稻稗（bài）之类，虽是玩意儿，也让她去细心培植，岂不更好？"

探春又笑说："可惜蘅芜院和怡红院这两处大地方竟没有可以取利的东西。"李纨笑说："蘅芜院更厉害，如今香料铺和大市大庙卖的各处香料香草都是这些东西，算起来比别的利息更大。怡红院不说别的，单是春夏玫瑰花，就有多少？还有篱笆上的蔷薇、月季等干花，也值几个钱。"探春笑说："原来如此。"大家商议了，便让老叶妈去管这个，然后又共同挑选出几个人来，用笔圈出。

探春与李纨向众人说明：某人管某处，按四季除家中定例用多少外，余者任凭你们拿了去取利，年终算帐。探春笑说："如今这园子里这事是我新创，年终算账，就别入外头账房，全部归到里头来才好。"宝钗笑说："依我说，里头也不用归账。不如让她们把园中人的花费包了，不去账房领钱。"平儿笑说："这样一来，一年又能节省四百两银子。"

宝钗笑说："一年四百，两年八百两，取租的房子也能得几间，薄地也可添几亩。不过，如今这园里几十个老妈妈们，若只给了这几个，其他人一定会抱怨不公平。我说，她们这几个每年还应该拿出若干贯钱来，凑齐了发给园中其他的妈妈们。她们辛苦一年，也不容易。"

众婆子听了这话，又不再受账房管治，又不用和凤姐算帐，一年只不过多拿出若干贯钱来，个个欢喜异常；那没有管地权力的人听了每年终还可以得分钱，也都高兴起来，口内说："她们辛苦收拾，我们怎么好白拿这些钱呢？"宝钗笑说："妈妈们也别推辞了，你们只要日夜辛苦些，别偷懒放纵人喝酒赌钱就是了。如今替你们想出这个额外的收益来，为的是大家齐心把这园里弄周全，你们省了上面人的心，他们也敬服，也就不来难为你们了。你们说，是不是？"

家人都欢声鼎沸说："姑娘说的很对。从此姑娘奶奶只管放心，姑娘奶奶这样照顾我们，我们再不尽心办事，天地也不容了。"

【博闻馆】

古代为什么会有嫡庶之分？

古代的人口远没有今天众多，原始的一夫一妻制所"生产"出的孩子数量非常有限，于是"妾"这一特殊群体应运而生，为的是给丈夫繁育更多的后代。

妻和妾的地位是不平等的，有嫡庶（dí shù）之分。"嫡"是指正妻及正妻所生子女，"庶"是指妾及她们所生的子女。一般来说，古人娶妻讲究"门当户对"，嫡妻与丈夫的家世基本平等，在家中享有较高地位，娶妻的仪式也非常隆重。而妾只需经过简单仪式就可娶来，而且可以买卖。相应的，嫡出的子女身份比较高贵，嫡子、嫡长子才是家族和家庭的合法继承人，才有资格祭祀祖先。庶子则地位较低，没有这些权利。

书中的探春常常为自己的庶出身份烦恼，这个自尊自爱的女孩便趁着理家的机会显露才干，希望以此获得尊重和疼爱。

静中生动紫鹃试玉

这天，宝玉来看黛玉，正好她在睡午觉，宝玉不敢惊动，便在回廊上跟做针线的紫鹃闲聊。紫鹃便问："老太太现叫人每日送一两燕窝来，是什么缘故？"宝玉说："是我在老太太跟前露了个口风，大概老太太和凤姐姐说了。以后吃惯了，三二年就好了。"紫鹃说："在这里吃惯了，以后回家去哪有这个闲钱吃？"

宝玉吃了一惊："谁回家去？"紫鹃说："你妹妹回苏州家去。"宝玉笑说："骗我，原是没了姑父姑母，才来咱们家的，现在回去找谁去？"紫鹃说："你也太小看人了，林家也是世代书宦人家，怎么会把自己家的人丢在亲戚家？之前是姑娘太小，老太太心疼，舍不得放在叔伯家，现在大了，该出阁了，林家明年必来人接去。"

宝玉听了，便如头顶上响了一个焦雷，忽见晴雯找来说："老太太叫你呢！"便拉着他走，谁知宝玉却呆呆地不同往日，一头热汗，满脸紫胀，直走到怡红院，两个眼珠子也直了，口水直流，好像没有了知觉。让他坐就坐，让他躺就躺，倒了茶就喝茶，李嬷嬷掐他人中，他一点不知疼，众人顿时慌张起来。

袭人听说宝玉刚跟紫鹃说话来着，便赶紧来找，却见紫鹃正服侍黛玉吃药，袭人急怒之下也顾不得了，走上来问紫鹃："你才和宝玉说了什么？这呆子眼也直了，手脚也冷了，连李嬷嬷都说活不成了!"黛玉一听,哇的一声将腹中之药一概呛出,抖肠搜肺,炽胃扇肝,一时喘得抬不起头来。紫鹃忙上来捶背说:"我没说什么,就是几句玩话。"黛玉急说:"你不如勒死我算了,赶紧去解说,也许他就醒来了。"

紫鹃忙跟着袭人来怡红院,谁知贾母、王夫人等已经在那里了,见了紫鹃,贾母眼内出火,骂说:"你这多嘴的丫头,跟他说什么了?"谁知宝玉见了紫鹃,才"哎呀"一声哭了出来,众人见了,才放下心来。只见他拉住紫鹃死也不放,说:"要去连我也带了去!"众人不解,细问起来,才知道原因。贾母流泪说:"我以为什么大事,原来是句玩笑话,你知道他有个呆根子,你哄他干什么。"

正说着,有人禀报林之孝家的来了,哪知宝玉听到一个"林"字,便满床闹起来:"了不得,林家的人来接她了,快打出去!"贾母听了忙说:"打出去吧!"又忙安慰宝玉说:"林家没人了,不会接她走的,你放心吧。"宝玉说:"凭他是谁,除了林妹妹,都不许姓林。"贾母忙答应着,又让众人也不要说"林"字。

这里宝玉一眼看见了十锦格子上陈设的一只金西洋自行船,便指着叫:"接她们的船来了!"贾母忙叫人拿下来,宝玉便掖(yē)在被中,笑说:"这回可去不成了!"

一时大夫来了,给宝玉诊治开药。吃了药后,宝玉果然安静下来,只是不放紫鹃。无奈,贾母只得让紫鹃守着他,又让众多嬷嬷丫鬟用心看守,日夜相伴,又让琥珀去服侍黛玉。

这几天,宝玉总从梦中惊醒,不是哭着说黛玉已去,便是说有人来接。每次，都要紫鹃安慰一番才能好。紫鹃心中后悔，因此天天辛苦却也没有怨言。

　　一天，旁边没人，宝玉便拉着紫鹃问："你为什么吓唬我？"紫鹃说："哄你玩的，不知道你会当真。"宝玉说："你说得在情在理，怎么是玩话呢？"紫鹃笑说："真是我编的，林家实在没人了，就有，也是远族的，再说老太太也不放啊！"宝玉说："即使老太太要放，我也不依。"紫鹃说："我心里着急，所以来试探你。我和林姑娘极好，比她从苏州带来的还好十倍，我们一时一刻也分不开。如今我愁她万一要去了，我可怎么办，所以编出这谎话问你，谁知你就傻了。"宝玉说："原来是愁这个，可见你也是傻子，我告诉你：活着，咱们一处活着；死了，咱们一起化灰化烟。怎么样？"

　　既然宝玉好了，紫鹃仍回去服侍黛玉了。宝玉又要紫鹃的菱花镜子，她便给他留下了。

宝玉又要紫鹃的菱花镜子，她便给他留下了。

这晚和黛玉一起睡着，紫鹃便悄笑说："宝玉心实。"黛玉不答，紫鹃便自言自语说："难得的是从小一处长大，脾气性情都知道。我替你愁了几年了，趁老太太还明白的时候，定了大事要紧。"黛玉说："这丫头疯了。"

黛玉口中虽如此说，心中未尝不伤感，等紫鹃睡着，哭泣了一夜。

【博闻馆】

林妹妹为什么常常忧虑哭泣？

书中的林妹妹，常常哭泣忧虑，这仅仅是因为她心胸狭窄、太敏感吗？

其实，除了性格原因，黛玉父母双亡，婚姻大事无人做主也是一个很重要的原因。在古代，婚姻都是由"父母之命，媒妁之言"从中牵引的，而真正结婚的男女双方都未直接参与，只有在结婚完成之后才见对方模样。从议婚至完婚，共需经过六种礼节，即：纳采、问名、纳吉、纳征、请期、亲迎。这一过程复杂而漫长，都需要家中长辈出面。黛玉心中唯一有的是宝玉，但贾府并不是所有长辈都希望他们成亲，存在很多未知数，所以她常常忧虑。

贫中无奈岫烟当衣

邢岫烟来大观园有些日子了，薛姨妈见她生得端雅稳重，又家道贫寒，是个钗荆裙布的女儿，便求贾母做媒，说给薛蝌为妻。

这门亲事定下来，全家都说是件极好的事。邢夫人便要接岫烟出去，贾母不许，岫烟只好仍在园子里住着，只是见了宝钗姊妹未免就拘泥了些。

却说邢岫烟，是个知书达理的女孩儿，但她家业贫寒，父母又是被酒糟透了的人，邢夫人对她并无真心疼爱，因此日子并不好过。在紫菱洲住着，又因为迎春是个老实人，自己都照顾不全，怎么能照管到她身上？因此闺阁家常之物，岫烟总有亏乏，她又不向别人张口，倒是宝钗看出来，经常暗中体贴接济。如今出人意料做成了这门亲事，岫烟心中先感激宝钗，然后才是薛蝌。

这天二人相遇，宝钗含笑唤她到跟前，二人走到一块石壁后，宝钗笑问："这天还冷得很，你怎么倒全换了夹的？"岫烟见问，低头不答，宝钗便知又有了缘故："是这个月的月钱凤丫头忘了给？"岫烟说："她倒记得的，只是姑妈说我一个月用不了二两银子，让我省一两给爹妈，让我用二姐姐的东西。姐姐想，二姐姐虽不说什么，她那些婆子丫鬟，哪一个是省事的？三天五天的，我还要拿出钱来给她们打酒吃点心才好。因此二两本不够用，如今又少了一两，所以前些天我把厚衣服当了几吊钱。"

宝钗听了，愁说："不巧梅家全在任上，后年才进来，若在这里，琴儿过去了，好商议你的，如今没定宝琴妹妹的事，蝌儿断不敢先娶的。就怕你在这里熬出病来，等我和妈妈再商议。如今你先忍耐一阵，干脆把那一两银子也给了他们，倒省心。丫头婆子说什么，你随她们说去，也不用白给她们东西吃，实在听不过去就走开。若短了什么，你只管跟我说。"

岫烟低头答应了。

宝钗又指着她裙上的玉佩问："这是谁给你的？"岫烟说："三姐姐给的。"宝钗点头笑说："她见人人都有，独你没有，故此送你一个，这是她聪明细致之处。不过有句话你要知道，这些妆饰原是富贵之家的小姐所有，我们要从实守分为主，不比她们才是。"岫烟笑说："姐姐这么说，我就回去摘了。"宝钗忙笑说："她好意给你，你不戴着，她岂不生疑？我不过偶尔说到这里，以后知道就行了。"

岫烟忙又答应着。宝钗又说："你把当票给我，我取了衣服让人悄悄给你送去，别冷着了生病。不知当在哪里？"岫烟说："叫'恒舒典'，是鼓楼西大街的。"宝钗笑说："这闹在一家去了。伙计们倘或知道了，一定要说'人没过来，衣裳先过来'了。"岫烟听说，便知是薛家的本钱，红了脸一笑，回去了。

宝钗就往潇湘馆来，和妈妈、黛玉说笑一番，正说得热闹，湘云走来，手里拿着张当票笑说："这是个什么帐篇子？"宝钗接了看，正是岫烟才说的当票，忙折了起来说：

"是张死了没用的当票,香菱拿着哄她玩呢!"湘云问:"什么是当票子?"婆子们笑说:"真是个呆子,连个当票子也不知道。"薛姨妈叹说:"怨不得,她是侯门千金,而且又小,哪里知道这个?"众婆子笑说:"林姑娘方才也不认得,只怕宝玉也未必见过呢。"

等到了没人的时候,宝钗才问湘云当票是从哪里来的,湘云笑说:"我见你令弟媳的丫头篆儿悄悄递给莺儿,莺儿便随手夹在书里。我等她们出去了就偷着看,却不认得,便来找你们认认了。"宝钗不好隐瞒,便将岫烟的事告诉了她二人。黛玉便觉"兔死狐悲,物伤其类",一时感叹起来。湘云却动了气说:"等我问二姐姐去!我骂那些老婆子丫头一顿,给你们出气好不好?"说着便要走。宝钗忙一把拉住,黛玉笑说:"你要是个男人,还可以出去打报不平。一个女孩子又充什么荆轲、聂政,真好笑。"湘云说:"那明儿也把她接到咱们院里一起住,岂不好?"宝钗笑说:"明日再商量。"

正说着,人报:"三姑娘四姑娘来了。"三人听了,忙掩了口不提这件事。

【博闻馆】

当票为什么难认?

当(dàng)票是典当铺在受押物品成交后付给的收据,作为赎取当物的凭证。当票上面印着当铺的名称地址,还有手写文字,诸如抵押期限、数量、质量、典当金额以及抵押利率和成交日期之类。既然写有文字,那么读书破万卷的黛玉和湘云为什么不认得呢？

原来，当票中的物品名称、银钱数字都用一种很特殊的"当字"来书写。"当"字往往用草法、变体来写，而且对于前来典当的物品必加贬语，这些当字只有当铺内部的人才能辨认，外行的人无法看懂。不仅有当字，当铺中的话语外人也是难以听懂的，其中有许多隐语。

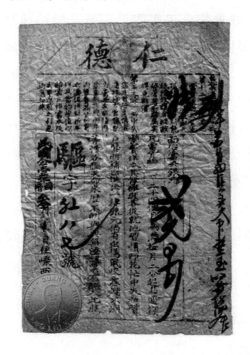

一般人看不懂的当票

为什么要这么做呢？原来，当票上没有当物人的姓名，也不能挂失，若当票遗失，就可能被第三人冒领。但如果在询问物件形状和质典数字时，冒领者看不懂当票，就露了破绽。而且，这些隐语在满足当行礼仪、行事秘密需要的同时，又可以作为盘剥敲诈当客的工具。

怡红院群芳夜祝寿

这天是宝玉的生日，白天贾府自有酒宴，晚上怡红院的众丫鬟又凑了钱准备单给他过。到了掌灯时分，查夜的人来了，看视检查后，对袭人说："该沏些普洱茶给二爷喝。"袭人、晴雯忙笑说："沏的是女儿茶，已经喝了两碗了。"

等她们走了，怡红院这边便忙着摆桌子，宝玉要占花名玩儿，又让丫鬟们将姐妹们都请来，连李纨和香菱也被拉了来。因为是给宝玉祝寿，所以大家倒也高兴，都到齐了。

说笑间，有晴雯拿了签筒过来，里面装着象牙花名签子。先掷骰子，却是宝钗先抽签。

宝钗笑着抽出一根，上面画着一枝牡丹，上面题着"艳冠群芳"四个字，下面又有一句唐诗："任是无情也动人。"众人看了，都笑说："巧得很，你也该配牡丹花。"说着，大家共贺了一杯。宝玉却只管拿着那签，口内颠来倒去念"任是无情也动人"，湘云忙一手夺了过来，让宝钗掷骰子。

这次轮到探春，她便抽了一根，一瞧，红了脸丢到地上去："不该行这令，都是混账话。"袭人忙拾起，大家看时，却是一枝杏花，上面写着："得此签者，必得贵婿。"原来是闺阁中取笑的话，众人笑说："我们家已有了个王妃，难道你也是王妃不成，大喜大喜！"探春只说这个不算数，众人哪肯罢休，几个人强灌了她酒，湘云又拿着她的手强掷了个十九点出来，轮到李纨抽。李纨摇摇签筒，抽出一看，签上画着枝梅花，李纨笑说："有些意思。"便自吃了一杯，让黛玉掷骰，这一次却该湘云抽。

湘云笑着，揎（xuān）拳掳袖地抽了一根出来。大家一看，一面画着一枝海棠，题着"香梦沉酣"四字，又有一句诗："只恐夜深花睡去。"黛玉笑说："'夜深'改为'石凉'才好。"众人知她打趣湘云喝醉了睡在石头上的事儿，都笑了。湘云便指着自行船说："快坐上那船回家去吧！"众人都笑了。

接下来轮到麝月，她抽了根荼蘼花来，上面写着句旧诗："开到荼蘼花事了。"麝月问怎么讲，宝玉皱眉不说，只藏了签子，让大家喝了三口。

接着香菱又抽到一枝并蒂花，诗上写着："连理枝头花正开。"她便又掷了个六点，该黛玉抽。黛玉默默地想道："不知还有什么好的被我抽着？"一面伸手取了一根，只见上面画着一枝芙蓉，题着"风露清愁"四字，那面一句旧诗，写着："莫怨东风当自嗟。"注云："自饮一杯，牡丹陪饮一杯。"众人笑说："这个好极了，除了她，别人不配作芙蓉。"黛玉也笑了，于是饮了酒。

接着该袭人了，她的签子画着枝桃花，注上写着："杏花陪一盏，坐中同庚者陪一盏，同辰者陪一盏，同姓者陪一盏。"众人笑说："这一回热闹有趣。"大家算来，香菱、晴雯、宝钗三人皆与她同庚，黛玉与她同辰，只无同姓者。芳官忙说："我也姓花，我陪她喝一钟。"于是大家斟了酒，黛玉因向探春笑说："命中该招贵婿的，你是杏花，快喝了，我们好喝。"探春笑说："这说的是什么？大嫂子顺手给她一下子。"李纨笑说："人家不得贵婿反挨打，我也不忍的。"说得众人都笑了。

很快到了二更，众人说要散了，宝玉、袭人等还留着不放。李纨说："夜深了不像话了，这已经是破格了。"于是，每人又喝了一杯才散去。

第二天清早，宝玉朦胧醒来，却发现砚台下压着张粉笺子，上面写着"槛外人妙玉恭肃遥叩芳辰。"宝玉跳起来，便问："谁接的？也不告诉我。"四儿忙回说："是妙玉打发个老妈妈送来的。"宝玉便要回帖，却不知如何回那"槛外人"三字，直到去问了岫烟，才落笔写道："槛内人宝玉熏沐谨拜。"然后亲自拿了到栊（lóng）翠庵，从门缝里投进去便回来了。

【博闻馆】

"女儿茶"为何物？

宝玉白天吃多了，晚上便喝了两碗"女儿茶"，那么"女儿茶"是什么东西呢？

女儿茶是普洱茶的一种

　　女儿茶是普洱茶的一种，也被称为普洱女茶。普洱茶有消食化痰、清味生津的功效，而这普洱女茶更是其中的上品，常作为清代的贡品，进献君王。之所以叫"女儿"茶，有两个说法，一个是说这个茶叶是由妙龄少女采摘的，一个是说因为茶叶鲜嫩如少女，所以叫"女儿茶"。不管哪种说法是正确的，至少宝玉常饮之茶的娇嫩名贵是确凿无疑的了。

冷二郎误逼尤三姐

这日，贾敬去世了，宁国府乱成一团，贾琏过去帮忙，却借机和尤氏那同父异母的妹妹尤二姐幽会，偷偷在外面设了一处宅子，娶了尤二姐。于是尤老娘和尤三姐都跟着过去住，就这样过起日子来。

这天，说到尤三姐的终身大事，众人取笑她说，定是看上了宝玉。尤三姐冷笑说："难道除了你家，天下就没有好男子了吗？"众人听了都诧异："除去宝玉，还能有谁？"

尤二姐有心，晚上盘问妹子一夜，次日告诉贾琏："五年前老娘家做寿，请的戏班都是些玩戏的人，其中有个装小生的叫柳湘莲，妹妹见了他便动了心。"贾琏说："原来是他，眼力不错！只是柳湘莲上次打了薛蟠就跑了，谁知他现在何处呢？妹妹只怕白等了。"

这话才说了没几天，贾琏在去办事的路上正巧遇见柳湘莲和薛蟠。原来这次是柳湘莲在路上救了薛蟠，两个因此了却冤仇，结了兄弟。贾琏大喜，便给湘莲说亲。湘莲听说三姐绝色，并未多想，便定下亲来，以家传宝剑"鸳鸯剑"为定物。贾琏大喜，回去报知二姐三姐，又将鸳鸯剑取出，递与三姐。三姐看时，上面龙吞夔（kuí）护，珠宝晶莹，拿出来一看，原来是两把合体的，一把上面刻着一个"鸳"字，一把上面刻着一个"鸯"字，清寒如两痕秋水一般。三姐喜出望外，连忙挂在自己绣房的床上，每日望着，以为终身有了依靠。

人们常把雌雄双股剑称为"鸳鸯剑"

谁知湘莲八月才进了京，先来拜会薛家，次日又见宝玉，便说起定亲的事，宝玉笑说："大喜！确实是个古今绝色，配得上你。"湘莲问说："你怎么知道她是绝色？"宝玉说："她们姐妹是珍大嫂子的继母带来的小姨，我在那里和她们玩了一个月，怎么会不知道？真是一对美女。"湘莲听了，跌足说："绝对不行，你们东府里除了那两个石头狮子干净，还有什么是干净的？"宝玉听说，红了脸。湘莲自惭失言，连忙赔罪告辞。

湘莲一出来，便马上去找贾琏索回定礼，贾琏听了说："定者，定也。哪有婚姻之事如此随意的？"湘莲笑说："虽如此说，弟愿领责领罚，但这件婚事不敢从命。"

不料尤三姐在房里已经听见了，心中知道他得了消息，嫌自己是不知羞耻的人，不屑为妻。她好容易等了他来，却是来悔婚的！想到这里，心中无趣，连忙摘下剑来，将一股雌锋藏在肘内，出来说："不必再说了，还你的定礼！"一面泪如雨下，左手将剑和鞘送给湘莲，右手回肘往脖子上一横，顿时化作一缕香魂飘然而去。

众人吓得急救不迭，尤老娘一面嚎哭，一面骂湘莲。贾琏忙揪住湘莲，命人捆了送官。尤二姐忙止泪反劝贾琏："是她自寻短见，你就是送他见官，也不过是出自己的丑。不如放了吧。"贾琏此时也没了主意，便放了手命湘莲快去，湘莲反不动身，哭说："原来她这么刚烈，可敬，可敬！"反而扶尸大哭一场。等买了棺木，眼见三姐入殓，又俯棺大哭一场，才告辞而去。

出门无处可去，回想刚才的事，湘莲追悔莫及，恍惚之间，忽然听见环佩声响，原来是尤三姐。她一手捧着鸳鸯剑，一手捧着一卷册子，向柳湘莲哭说："我痴情等你五年，不料你果然冷心冷面，我只好用死来证明我的痴情。现在我奉警幻仙姑的命令，前往太虚幻境，为情鬼们作传。就此一别，从此再不能相见了。"说着便走，湘莲不舍，忙来拉，却扑了个空，不由得大哭而醒。醒来才发现自己坐在一座破庙旁，旁边坐着一个瘸腿道士，湘莲忙行礼问说："这是哪里？请问仙师仙名法号？"道士笑答："我也不知这是哪里，我是什么人，只是路过来歇脚而已。"

柳湘莲听了，如寒冰侵骨，抽出那股雄剑，将万根烦恼丝一挥而尽，便跟着那道士，不知往哪里去了。

【博闻馆】

"玩戏"的人

柳湘莲曾经因为薛蟠把他当戏子看待，而将薛蟠痛打了一顿，但确实在尤家生日会上唱过戏，这是怎么回事呢？什么叫"玩戏的人"？

　　原来，"玩戏的人"就是"票友"，这是戏曲界的行话，还有个称呼叫"子弟"，意思是会唱戏而不以专业演戏为生的爱好者，即对戏曲、曲艺非职业演员、乐师等的通称。相传清代八旗子弟凭清廷所发"龙票"到各地演唱，后来人们就把非职业演员称为"票友"。

王熙凤借剑杀尤二

二姐的事完了之后，贾琏去平安州办事。这天，忽听门响，家人去开了门，竟是凤姐得了消息带着众媳妇小厮找上门来了，尤二姐只好陪笑见礼。都说这凤姐为人厉害，此时的她却体贴温良，又让二姐进贾府中去住。二姐本是个没主意的人，见凤姐人又好，怎么会不去？于是，凤姐便把她接到大观园里来，先放在李纨处，等禀告了贾母，便接到自己屋里来。因为贾敬刚死，贾琏正在服孝，不能娶亲，贾母命尤二姐先在府中住着，等一年后才能圆房。诸事顺利，倒是凤姐如此贤良，反而让人有些诧异。

哪知凤姐表面好意，背后却命人将二姐的底细打听清楚，就想出一个法子来。原来尤二姐曾许配给张华家，张家败落后，尤家便给了张家银子退婚。凤姐便命人给张华银子，让他往衙门中告琏二爷"国孝家孝之中，背旨瞒亲，仗财依势，强逼退亲，停妻再娶"等语。

张华禁不住凤姐这边给他撑腰，又许他银子，便大着胆子去告。这事闹出来，贾母忙唤了尤氏来说："既然和别人家订了亲，这里又没圆房，不如送了回去。"尤氏说："当初确实已退婚，他现在穷急了，又改了口。"贾母听了，便说："可见刁民难惹，既然这样，凤丫头去处理吧。"

凤姐没办法，又想，倘若张华真领走尤二姐，等贾琏回来，难免不再花几个钱将尤二姐赎回来，倒不如把二姐握在自己的手中。于是让人害死张华，去了这把柄。办事的人觉得她小题大做，便谎报张华突然得病而死，凤姐这才罢休。

贾琏在平安州耽搁了两个月才回来，才知二姐已经被凤姐接到家中去了。赶忙先去贾赦那里将办的事情说明白了，贾赦高兴，又赏了一个叫秋桐的丫鬟给他做妾。凤姐听了，真是一刺未除，又添了一刺。

却说尤二姐本与凤姐和美，诸事也顺心。不料，过了几天，伺候她的人便有些不听使唤起来。这天头油没了，尤二姐便叫服侍她的善姐："去告诉大奶奶一声，拿些来。"善姐便说："二奶奶，你怎么不知好歹？大奶奶是当家的人，哪能为这点小事去烦她？我说你也将就些吧，又不是什么明媒正娶的人！"尤二姐听了这话，只好垂了头不做声了。

明清时期的头油盒

等见了凤姐，凤姐又总是和颜悦色，还跟尤二姐说："下人有不好的地方，你只告诉我，我打她们！"二姐见她这么好，反而心软帮下人们遮掩。渐渐地，下人连饭菜也不给她端好的来了，而且早一顿晚一顿的，都是些难以下咽的食物。

平儿看不过去，私自拿了钱给她弄吃的，下人们也不敢说，唯有秋桐去告诉凤姐。凤姐便骂平儿："家养猫拿耗子，我的猫却来咬鸡。"平儿从此也不敢和二姐亲近了。

凤姐见贾琏又恋上秋桐，便去挑拨秋桐。秋桐是个浮躁人，便骂："奶奶宽洪大量，我眼里却揉不下沙子去，让我和这淫妇比一比，她才知道！"天天如此，尤二姐在房里哭泣烦恼，又不好告诉别人，因此在贾琏和贾母那里都失了宠，其他的人更欺负起她来。

那尤二姐原是个花为肠肚雪作肌肤的人，怎么经得起这样的折磨？受了一个月的暗气，便生了病，四肢懒动，茶饭不进，日渐消瘦了。夜里闭上眼，只见尤三姐手捧鸳鸯宝剑，命她斩了凤姐。尤二姐哭说："妹妹，这都怪我自己品行不好，怎么还能冤杀他人？"醒来却是一梦。

贾琏见她病了，便让请医生来看，不料常来的医生也病了，小厮们便请了个姓胡的太医来，开了些药给二姐。谁知二姐吃了药腹痛不止，到半夜竟然打下一个男胎来，此后血流不止，昏迷了过去。贾琏急得去打胡太医，又查问是谁请的医生。

凤姐更急十倍，天天烧香拜佛，倒让贾琏和众人称赞无比。又叫算命的人打卦，算命的回来说："都是属兔的阴人冲犯了。"算起来只有秋桐一人属兔，说是被她冲的。秋桐见贾琏为尤二姐十分尽心，早就吃了醋，这会儿又说她冲了二姐，便又骂起来，去邢夫人那里告状，邢夫人反而骂了贾琏一顿。

尤二姐听了，不免更添烦恼，这晚思前想后，便穿戴整齐，找了块生金，也不知多重，含泪吞入口中，几次狠命直脖，才咽了下去。第二天便死在炕上。

贾琏知道了，搂尸大哭，凤姐也假意哭泣，却不给他钱办丧事。贾琏的私房钱全给尤二姐收着，但开了她的箱子，并无一文，只有些拆簪烂花并几件半新不旧的绸绢衣裳。贾琏不由得更加伤心，还是平儿塞给他二百两银子，让他把丧事办了。

贾琏从此暗下决心，将来一定要为二姐报仇。

【博闻馆】

不孝有三，无后为大？

古时人们说"不孝有三，无后为大"，因此，王熙凤看似风光，其实没有生儿子的她始终有一种不安全感，这也是她想方设法要除掉尤二姐的原因之一。

"不孝有三，无后为大"出自《孟子·离娄上》，完整的原话是："不孝有三，无后为大，舜不告而娶，为无后也，君子以为犹告也。"从原文里能看出，这里的"无后"，指的是没有尽到后辈的礼仪。后来汉代人赵岐在注释这段话时说："于礼有不孝者三事，谓阿意曲从，陷亲不义，一不孝也；家穷亲老，不为禄仕，二不孝也；不娶无子，绝先祖祀，三不孝也。"这里他把"无后"解释为"不娶无子"，即断了祖宗的香火，这在封建社会可算大罪呀！

听谗言抄检大观园

这天，王夫人怒气冲冲地扔给凤姐一个五色斑斓的十锦春意香袋，吓得凤姐也变了脸色。这香袋是老太太的丫头傻大姐在园子里拾到的，被邢夫人撞见，便让陪房王善保家的送来了。大观园里出了这种东西，无疑是件大丑事，二人商议让几个心腹媳妇以查赌为由，暗查此事。

王善保家的专门过来打听这件事，她平时最恨园子里的那些丫鬟不奉承她，便借机挑拨说她们的坏话，又说："这事交给奴才，等到晚上园门关了，我们带人到各处丫头们房里搜寻，一定能抓到这个人。"王夫人说："这主意很好。"凤姐无奈，只好答应下来。

这天晚上，王善保家的便请了凤姐等一并入园，喝命将角门全部上锁，从守夜的婆子处抄检起，不过搜出些多余攒下的蜡烛灯油等物。王善保家的说："这也是赃物，不许动，等明儿告诉了太太再动。"

因为宝钗是客人，大家都不敢惊动，于是先到怡红院，凤姐跟宝玉说："园子里丢了东西，查一查大家好脱去嫌疑。"几个人直向丫头们的房中去，搜查了一番，并无异样。王善保家的又指着晴雯的几个箱子说："这是谁的？"因晴雯病着没起来，袭人等便想替她打开去，不料这时晴雯挽着头发闯进来，豁一声将箱子掀开，两手提着底子，往地下一翻，所有之物尽都倒出。王善保家的便说："姑娘别生气，我们也是奉太太的命来搜查的!"晴雯指着她说:"你是太太打发来的,我还是老太太打发来的呢!"凤姐忙喝住晴雯,又让人细细查了,并无特别的东西,王善保家的也觉得没趣。

离开怡红院,便到了潇湘馆,黛玉已经睡了,正要起来,凤姐忙按着让她继续睡。那边又抄检一番,只从紫鹃房中抄出几件宝玉的东西,王善保家的自以为得意,凤姐说:"那是宝玉小时候的东西,原先两人和老太太一起住着,弄混是有的。这些老太太和太太都见过,不信妈妈去问。"王善保家的只得罢了。

又去探春院内,不料早有人告诉了探春,探春便命众丫鬟秉烛开门而待。听了凤姐等来意,探春冷笑说:"我们的丫头自然都是贼,我就是头一个窝主,先来搜我的箱柜,她们偷了来的都交给我藏着呢。只是,搜我的可以,搜我丫头的,却不能!"说着便命丫头们把箱柜等各种物件都打开来。凤姐忙陪笑说:"我不过是奉太太的命来,妹妹别错怪我。"忙命丫鬟们快快关上。探春说:"你们今日早起议论甄家被抄了,咱们也便抄起来了。可知这样的大族人家,必须先从家里自杀自灭起来,才能一败涂地!"说着,不觉流下泪来。凤姐只看着众媳妇们,周瑞家的便说:"既然女孩子的东西全在这里,奶奶请到别处去吧,也让姑娘好安寝。"探春说:"可细细搜明白了?"众人知道探春平日与众不同,便都说搜明白了,唯王善保家的自以为是邢夫人陪房,心想探春不过是个姑娘家,又是庶出,便向前拉起探春的衣襟一掀,笑说:"连姑娘身上我都翻了,果然没有什么。"一语未了,只听"拍"的一声，脸上早着了探春一掌。探春顿时大怒，指着她说："你是什么东西？敢来拉扯我的衣裳！"将她一顿痛骂，凤姐忙来劝说，众人也来安抚探春，才慢慢平息。

王善保家的丢了个大脸，也只能继续搜查。先去了李纨和惜春处，别的没什么，只查到入画收着的哥哥的财物，凤姐便让人先把东西记下管好。入画虽然犯了错，但并不是大错，凤姐等本不想重罚，不料惜春反而把入画赶走，只求不沾惹一点麻烦。

最后，搜查的人才到迎春这里来。搜查了一回，别人没什么，偏王善保家的外孙女司棋的箱子里竟然搜出男人的鞋袜来，还有一个同心如意并一个大红双喜笺帖，帖中还提到香袋的事，原来是司棋与她表弟潘又安私通！王善保家的哪料到搜到自家人？气得自己打脸说："说嘴打嘴，现世现报在人眼里。"众人见她这样，都笑个不停，又半劝半讽的。凤姐心中暗喜，也不敢露出来，倒是见司棋低头不语，也不害怕，觉得奇怪，便叫人监守起来，过几日便将她逐出贾府。

不料司棋这一去，再也未曾回来，因为羞愤交加，她撞死在自家墙上。

【博闻馆】

香袋是什么东西？

香袋即香荷包，一般专用来盛香料作饰物，也称"香囊"等，为古代人重要的佩饰之一，用以辟秽恶之气，也作装饰品。香袋多半做得精巧玲珑，又是贴身之物，所以深得古代青年男女的喜爱，常常被用来作私物或相赠的礼物、信物。

清代人物绣荷包

本文中讲述傻大姐拾得了一个"十锦春意香袋"，结果闹出了一场抄检大观园的风波。这里的"十锦春意香袋"是指绣着男女之事的香袋，这种东西被认为是淫秽不堪的，而大观园是未婚小姐们住的地方，出了这种东西，是件大丑事，因此王夫人等非常紧张，为了查出香袋的主人，不惜抄检大观园。

中秋夜诗笛感凄清

这天八月十五，等月亮出来，贾母便带领众人来园中上香，再去山上的凸碧山庄赏月。只见月明灯彩，厅上桌椅都是圆的，特取"团圆"之意。

一坐下来，还有一半桌椅空着，贾母不由地叹息人少了，便又让三春从围屏过来坐了，大家先击鼓传花说笑话，偏偏几个笑话都不好笑，贾母不由得昏昏欲睡。贾赦、贾政在这里，大家未免拘束，贾母便赶儿子们走："你们先去，让我和姑娘们多高兴一会儿。"

等他们走了，女眷围坐，贾母四顾一看：宝钗姐妹回家了，李纨和凤姐都病了，顿时觉得冷清。便命人将阶上铺了毡子，摆上月饼西瓜果品，令丫头媳妇们也都团团围坐赏月。此时月至中天，比先前更加精彩可爱，贾母便命人吹笛，这边大家赏桂饮酒。

正说着闲话，忽然听到墙那边的桂花树下呜咽悠扬，吹出笛声来。趁着这明月清风，天空地净，真令人烦心顿解，万虑齐除。大家都默默欣赏，听了约两盏茶的时间才止住，称赞不已。贾母又让吹笛人吃了月饼和酒，再细细吹一套。

这里换了大杯继续吃酒，不知过了多久，那桂花阴里又发出一缕笛音，比先前更加凄凉。大家都寂然而坐，夜静月明，笛声悲怨，贾母年老带酒之人，听了禁不住流下泪来。众人见贾母伤感，便笑说："夜已四更了，请老太太安歇罢，宝玉和姑娘们熬不住，都去睡了。"贾母睁眼一看，果然都散了，便也带着众人走了。

其实黛玉和湘云二人并未去睡觉。黛玉见贾府中许多人赏月，贾母犹叹人少，不觉对景垂泪。湘云便宽慰她说："你是个明白人，何必想不开？倒是宝姐姐可恨，说了中秋大家赏月联句，现在自己去赏了，也不管我们了。不如我们两个联起句来，明日羞他们去。"

二人便去凹晶馆那卷棚下面找两个竹墩坐了。只见天上一轮皓月，池中一轮水月，上下争辉，如置身于水晶宫之中。湘云笑说："要能坐船喝酒就好了，要是在我家，我立刻坐船去。"

正说着，只听笛韵悠扬起来，黛玉笑说："这笛子倒是助咱们的兴趣了。咱两个都爱五言，就还是五言排律罢。"湘云说："限什么韵？"黛玉笑说："咱们数这个栏杆，有几根便用第几韵。"湘云笑说："这倒别致。"数去，竟是十三元，这韵少，不好做呢。

黛玉便说了句俗语起头："三五中秋夕。"湘云想了一想说："清游拟上元。撒天箕斗灿。"黛玉笑对："匝地管弦繁。几处狂飞盏？"湘云笑说："'几处狂飞盏'有些意思，这倒要对得好呢。"

如此你来我回，对了数十联，黛玉忽见池中黑影，忙指给湘云看："你看那河里的影子，是个鬼吧？"湘云笑说："我是不怕鬼的，等我打它一下。"弯腰拾了一块小石片向那池中打去，只听那黑影里嘎然一声，却飞起一个大白鹤来，直往藕香榭去了。湘云拍手笑说："这个鹤有趣，倒帮了我了!"因联道:"窗灯焰已昏。寒塘渡鹤影。"

"寒塘渡鹤影"

　　林黛玉听了,又叫好,又跺足,说:"了不得,这鹤真是助你了!叫我对什么才好?'影'只有一个'魂'字可对,况且'寒塘渡鹤'何等自然,何等现成,何等有景且又新鲜,我竟要搁笔了。"湘云笑说:"细想就有了,不然明日再联也行。"黛玉只看天,不理她,过了一会儿,猛然笑说:"你不必说嘴,我也有了,你听听。"于是对道:"冷月葬诗魂。"

　　湘云拍手赞道:"果然好极了!非此不能对,好个'葬诗魂'!"一语未了,只见栏外山石后转出一个人来笑说:"好诗,只是太悲了!别再联下去了。"二人吓了一跳,仔细一看,不是别人,却是妙玉,只听她笑说:"我也是来近水赏月,顺脚走到这里,忽听见你两个联诗,更觉清雅异常,所以留下来听。现在那厅里人都散了,你们去我那里喝杯茶，天就亮了。"

三人便一同来栊翠庵中喝茶，妙玉帮她们把所联诗句写上，黛玉见她高兴，便趁机请教。妙玉笑说："不敢妄谈，不过我看你二位警句已出，只怕后力不加，我竟要续貂，又恐怕失礼了。"黛玉从未见过妙玉作诗，忙说："太好了，我们的虽不好，也可以被你的诗带好了。"

于是妙玉果然续完，又题上《右中秋夜大观园即景联句三十五韵》，林史二人都赞赏不已，说："可见我们天天是舍近求远，有这样的诗仙在，却天天去纸上谈兵。"

闲聊了一会儿，林史二人便起身告辞，妙玉送至门外，看她们走远，才掩门进来。

【博闻馆】

拿什么来"续貂"?

晋武帝司马炎死后，儿子司马衷继位，为晋惠帝，他对朝政一窍不通，大权落到贾后手里，贾后生性凶狠狡诈，赵王司马伦以此为借口带兵冲入宫廷，杀死了贾后，自封为相国。司马伦为了笼络朝臣，扩大自己的势力范围，于是大封文武百官。等到一切就绪后，又废掉晋惠帝，自称皇帝。当时规定，王侯大臣都戴用貂尾装饰的帽子，由于司马伦大肆封官晋爵，一时貂尾都不够用，所以只好用狗尾来代替，人们就据此编了两句民谣："貂不足，狗尾续。"用来讽刺朝廷。后来，人们用"狗尾续貂"表示续作不佳。妙玉给黛玉和湘云续诗，便自谦是"续貂"。

痴公子撰诔悼晴雯

司棋被赶走后，王夫人又将晴雯、四儿、芳官一并逐出园子，宝玉如五雷轰顶，不敢多说一句，多动一步。等王夫人去了，他才回来和袭人商量把晴雯的东西悄悄派人送回去，到晚上又出了后角门，央求一个老婆子半天，又给她些钱，这婆子才带着他去见晴雯。

原来晴雯被撵出来后，住在姑舅哥哥吴贵家，宝玉来时，哥哥嫂子都不在家。宝玉掀草帘进来，一眼就看见晴雯睡在芦席土炕上，幸而被褥还是旧日铺的，忙含泪唤她。晴雯勉强睁眼，见是宝玉，又惊又喜，又悲又痛，忙一把死攥住他的手，哽咽了半日才说："我以为见不到你了。"接着便不停地咳嗽。

宝玉也只是哽咽，晴雯说："阿弥陀佛，你来得正好，快把炉台上那茶倒半碗我喝。渴了这半日，叫半个人也叫不着。"宝玉听说，忙拭泪去倒茶，只见有个黑煤乌嘴的吊子，却不像个茶壶，只得去拿了个碗，未到手内，先是闻到油膻之气，洗过两回还是有些气味。没办法，宝玉便斟出半碗茶来，一看，绛红的颜色，尝了尝，咸涩不堪，并不像茶。

晴雯扶枕说："快给我喝吧！这就是茶了，哪里比得上咱们的茶！"一把接过茶，如得了甘露一般，一口气都灌下去了。宝玉看着，眼泪直流，便问："有什么要说的，趁着没人，告诉我。"晴雯呜咽说："有什么可说的！我不过活一天算一天。只有一件，我并没勾引你，为什么一口咬定我是个狐狸精？早知道今天担这个虚名，不如当日……"说到这里，气往上咽，说不出话来，两手已经冰凉。宝玉又痛，又急，又怕，又不敢大声叫，只是给她轻轻捶着，心如刀割。

过了好一阵，晴雯才哭出来，又将手搁在口边，狠命一咬，只听"咯吱"一声，将两根葱管一般的指甲齐根咬下，放在宝玉手中。又在被窝中挣扎半天，连揪带脱，把贴身穿的旧红绫小袄儿脱下来递给宝玉。宝玉会意，忙将自己的袄儿也脱下来，盖在她身上，又把她的袄儿穿在自己身上，把指甲装在荷包里。晴雯哭说："你去吧！今日我就是死了，也不枉担了这个虚名。"

一语未了，只见晴雯嫂子多姑娘笑嘻嘻地掀帘进来说："好呀，你两个的话，我已都听见了。"宝玉忙陪笑央求："好姐姐，快别大声，她服侍我一场，我来瞧瞧她。"多姑娘便一手拉了宝玉进里间来，笑说："你不叫我嚷也容易，只是依我一件事。"说着，便坐在炕沿上，把宝玉拉入怀中，用腿紧紧夹住。宝玉哪里见过这个，心内早突突跳起来了，满面红涨，又羞又怕，只说："好姐姐，别闹。"晴雯嫂子斜着眼笑说："平日听说你是个风月场中的高手，今天是怎么了？"幸好这时有个丫头在窗外问："晴雯姐姐在吗？"晴雯嫂子吓了一跳，宝玉才脱身出去。

过了几日，一个小丫头便告诉宝玉，晴雯死了，去天上做管芙蓉的花神了。宝玉听了这话，不但不奇怪，反而转悲为喜，心想这花也只有晴雯这样的人才能主管。便要去祭拜，不料晴雯死后，哥嫂便派人入殓焚化，宝玉扑了个空。

　　宝玉无奈，到晚间备了四样晴雯最喜欢的吃食，在园中芙蓉前祭奠晴雯，写下一篇《芙蓉女儿诔（lěi）》，告慰晴雯的亡灵。

【博闻馆】

古代女子怎样做美甲？

　　古代没有指甲油，那么女子是怎样做美甲的呢？原来，那时候的女子多用凤仙花作为染指甲的材料。

　　凤仙花俗称"染指甲花"，选用它的花叶放在钵里反复捶捣，之后加入少量明矾，便可以敷在指甲上，用片帛缠好过夜，指甲就会变得红鲜可爱。

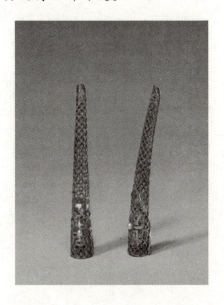

清代贵族女子使用的护指

　　除了染甲之外，女子还会蓄指甲，许多人经常将指甲留到寸许甚至数寸长。晴雯便留了长指甲，与宝玉永别时，将指甲咬下送给他作纪念。

　　为了保护长指甲，人们又发明了护指，也就是指套，材质各异，长约四寸，呈螺旋状向上延伸，指端尖细，套于手指之上。后来人们采用金玉等名贵材料，以及镂刻、雕花等复杂工艺，护指逐渐演变成一种手部装饰。

呆迎春误嫁中山狼

一一 姑娘迎春年纪渐长，到了该定亲的时候了，贾赦便将她许给了孙家。

孙家祖上系军官出身，是当日宁荣府中的门生。所许之人名唤孙绍祖，现袭指挥之职，生得魁梧健壮，弓马娴熟，年纪未满三十，又家资富饶，在兵部候缺。贾赦十分满意。

贾母却不十分称意，知道贾赦的性子，也不好劝，便说："知道了。"贾政倒劝过贾赦两次，说孙家并非诗礼名门的后人，当年也是看到荣宁二府有权势，有不能了结的事才拜在门下的。无奈贾赦不听，也只得罢了。娶亲的日子很近了，今年年内就要过门，邢夫人便禀告了贾母，将迎春接出大观园去。

清代红木棋盘

宝玉听说此事，心中难过，又听说陪四个丫头过去，更不禁自叹说："从此世上又少了五个佳人了。"这天到紫菱洲一带四顾徘徊，见轩窗寂寞，连池中岸上的花草也凄楚寥落，便信口吟成一歌：

池塘一夜秋风冷，吹散芰（jì）荷红玉影；蓼花菱叶不胜悲，重露繁霜压纤梗。不闻永昼敲棋声，燕泥点点污棋枰；古人惜别怜朋友，况我今当手足情！

迎春过门之后，日子果然不好过。这天宝玉给王夫人请安，正遇见迎春奶娘来家请安，说迎春常在背地里淌眼泪，只求家里能接她来住两天。王夫人便打发人第二天接迎春过来。一开始，因为孙家婆子媳妇都在，迎春不敢说什么，等她们回去了，她才哭哭啼啼地说："孙绍祖一味好色，好赌，酗酒，略劝过两三次，便骂我是'醋汁子老婆拧出来的'。又指着我脸说过：'你别和我充夫人娘子，你老子用了我五千两银子，把你卖给我的。小心我把你打一顿撵在下房里睡去。论理我和你父亲是一辈，如今强压我的头，晚了一辈，不该做了这门亲，倒让人以为我势利。'"

王夫人和众姐妹听了无不落泪，王夫人只得劝说："当日你叔叔也曾劝大老爷不做这门亲的，大老爷执意不听。我的儿，这也是你的命。"迎春哭说："我不信我的命就这么不好！从小没了娘，幸而在婶子这边过了几年心净日子，如今偏又是这么个结果！"王夫人一面劝解，一面问她要在哪里休息。迎春说："离开姐妹们，只是夜想梦想，二则还记挂着我的屋子，要是还能在那里住上三五天，死也甘心了！"王夫人赶忙劝止，又令人收拾紫菱洲房屋，命姐妹们陪着。

想想，又吩咐宝玉说："不许在老太太跟前走漏了风声！"宝玉只好答应了。

迎春仍在旧馆休息，众姐妹更加亲热异常，一连住了三日，才往邢夫人那边去。先辞过贾母及王夫人，然后与众姐妹分别，只觉悲伤不舍。又在邢夫人处住了两日，就有孙绍祖的人来接去。迎春虽不愿去，又害怕孙绍祖凶恶，只得勉强回去了。

迎春去后，邢夫人不在意，倒是王夫人因为抚养了她一场，十分伤感。这天宝玉来请安，见王夫人脸有泪痕，便说："二姐姐这种情形，我实在看不下去了。昨儿夜里想了一个主意：咱们不如告诉了老太太，把二姐姐接回来，还叫她在紫菱洲住着，我们姐妹弟兄仍旧一块儿吃，一块儿玩，省得受孙家那混帐的气。等他来接，咱们硬不叫她去。他接一百回，咱们留一百回，只说是老太太的主意。这岂不好呢？"

王夫人听了，又好笑，又好恼，说："你又呆了！女孩儿终究要出门子的，好不好只能看她的命了，'嫁鸡随鸡，嫁狗随狗'，哪能个个都像你大姐姐做娘娘呢？况且刚成亲总有些别扭，过几年生儿育女的就好了。你快去吧，别瞎说了。"

说得宝玉也不敢作声，坐了一会儿，无精打彩地出来了。憋着一肚子闷气，无处可泄，走到园中，一径往潇湘馆来，刚进了门，便放声大哭起来。黛玉问了半天，才知道是为迎春而哭，也不由地垂下头去，叹息起来。

【博闻馆】

陪房丫头

　　迎春出嫁，宝玉难过，又听说还要"陪四个丫头"过去，更加顿足叹息。这"陪四个丫头"是什么意思呢？原来，古代贵族家庭的小姐在出嫁时，不仅会有财物等嫁妆，而且还要从娘家带奴才过去，也就是活的嫁妆。如果带的是单身的丫头则叫陪房丫头，如果是以家庭为单位、全家跟着小姐到夫家的奴才则叫陪房。

王道士胡诌疗妒汤

因近日抄检大观园，别司棋、悼晴雯，又听说迎春嫁了如此不堪的丈夫，宝玉十分悲伤，不料又听到薛蟠娶了个媳妇叫夏金桂的，把薛家闹得天翻地覆，害得薛姨妈、宝钗天天烦心，此人又妒忌成性，把香菱折磨得欲死不能。

等到去姨妈家请安，见了那金桂，宝玉只觉她模样娇嫩，举止得体，并不比自己的姐妹差，实在不明白她为什么有这么坏的性情。

这天，贾母打发几个老嬷嬷带宝玉去天齐庙烧香还愿。宝玉见庙里神鬼之像狰狞可怕，便忙忙地焚过纸马钱粮，退至道院歇脚。吃过饭，宝玉困倦，众嬷嬷便请当家的老王道士来陪他说话儿。这老王道士专在江湖上卖药，这庙外现挂着招牌，丸散膏丹，色色俱备。他常在宁荣两宅走动，有个外号叫"王一贴"，说的是他膏药灵验，一贴病除。这王一贴进来，宝玉正想睡，李贵等便笑说："王师傅来得好，说个笑话给我们大家听听。"王一贴笑说："正是呢，哥儿别睡，小心肚里面筋作怪。"说着，满屋里人都笑了。

宝玉也笑着起身整衣，王一贴命徒弟们快泡好茶来，茗烟说："我们爷不吃你的茶，连在这屋里坐着还嫌膏药气息呢。"王一贴笑说："知道哥儿今日来，头三五天就拿香熏了又熏的，膏药从不拿进这屋里的。"宝玉问："都说你的膏药好，到底治什么病？"王一贴说："说来话长，其中细理，一言难尽。共一百二十味药，君臣相济，温凉兼用。内则调元补气，养荣开胃，宁神定魄，去寒去暑，化食化痰；外则和血脉，舒筋络，去死生新，去风散毒。其效如神，贴过便知。"宝玉说："我不信一张膏药就治这些病。我问你，有一种病可贴得吗？"王一贴说："百病千灾，无不见效。若不见效，哥儿只管打我这老脸，拆我这庙怎样？到底是什么病？"宝玉笑说："你猜。"

王一贴听了，寻思一会，便笑嘻嘻走上来，悄悄说："我可猜着了，想是哥儿如今有了房中的事，要滋助的药，是不是？"话没说完，茗烟先喝他："该死，打嘴！"宝玉还没懂，忙问："他说什么？"茗烟说："信他胡说！"吓得王一贴不敢再问，便说："哥儿明说了吧。"宝玉说："我问你，可有贴女人妒病的方子没有？"王一贴拍手笑说："别说没有，就是听也没有听见过。"宝玉笑说："这样还算不得什么。"

王一贴又忙说："膏药没有，倒有一种汤药或者可医，只是慢些，不能立竿见影。"宝玉问："什么汤药，怎么吃法？"王一贴说："这叫'疗妒汤'：用极好的秋梨一个，二钱冰糖，一钱陈皮，水三碗，梨熟为度，每日清早吃一个就好了。"宝玉说："只怕未必见效。"王一贴说："一剂无效吃十剂，今日无效明日再吃，今年无效吃到明年，横竖这三味药都是润肺开胃不伤人的，甜丝丝的，又止咳嗽又好吃。吃过一百岁，人横竖是要死的，死了还妒什么！那时就见效了。"说着，宝玉、茗烟都大笑不止，骂他"油嘴的牛头"。王一贴笑说："逗你们笑罢了，免得困了睡午觉，实说吧，连膏药也是假的。我有真药，我还吃了做神仙呢。有真的，谁还跑到这里来混?"

正说着,吉时已到,有人来请宝玉出去焚化钱粮散福,功课完毕,才进城回家。

【博闻馆】

清代人是怎么请安的?

古人很讲究礼节,宝玉每天都要给长辈们请安,那么清代人是怎么请安的?

一般来说,男子请安,尤其是奴才给主子请安时用"打千儿"。行礼时,左腿跨前一步微屈,右腿半跪地,右手握拳下伸。后简化成左腿微屈,右腿深屈不跪,右手下垂,身体笔直蹲下的形式。而女子如行汉人礼节,则右手在上,左手在下,皆半握拳,放在胸前上下拜一拜,叫"万福"。若是旗人,则行"蹲安",左右腿微屈,左腿高些,手扶膝下蹲。

若正式行礼,则需跪拜。

　　这是日常行礼，若正式行礼，则需跪拜。作揖是小礼，磕头是大礼。磕头分为一跪一叩首、一跪三叩首、三跪九叩首三种形式。行大礼时，男子要先作揖再磕头，磕完头再作揖；女子磕头前要先拜，磕完再拜。

潇湘馆颦儿夜惊梦

这天晚间，黛玉和衣而睡，只觉千愁万绪，堆上心来。不知不觉，一个小丫头走来说："外面雨村贾老爷请姑娘。"黛玉说："我虽跟他读过书，却不比男学生，怎么方便见？"小丫头说："只怕要与姑娘道喜，南京还有人来接。"

说着，又见凤姐同邢夫人、王夫人、宝钗等都来笑说："我们一来道喜，二来送行。"黛玉慌说："你们说什么？"凤姐说："你还装什么傻，林姑爷升了湖北粮道，娶了位继母，十分称意，如今托贾雨村作媒，将你许了你继母的什么亲戚，还说是续弦，派人到这里来接你回去。"黛玉听了，恍惚中觉得父亲果然在那里做官，便急着硬说："没有的事。"只见邢夫人向王夫人使个眼色："她还不信呢，咱们走吧。"黛玉含泪说："二位舅母坐坐再走。"众人不言语，都冷笑而去。

黛玉此时心中干急，又说不出来，哽哽咽咽，仿佛又是和贾母在一处似的，心想："此事只有求老太太，或许还可挽回。"便跪下抱着贾母的腰说："老太太救我！"只见老太太呆着脸儿笑说："这个不关我的事。"黛玉说："我情愿做个奴婢，自做自吃，只求老太太做主。"老太太总不言语。黛玉哭说："老太太，你向来最慈悲，又最疼我的，到了紧急的时候怎么全不管！我娘是你的亲生女儿，看在我娘分上，也该护庇些。"说着，撞在怀里痛哭，只听贾母说："鸳鸯，你送姑娘出去歇歇，我倒被她闹乏了。"

黛玉知道走投无路了，不如寻个自尽，站起来往外就走，深痛自己没有亲娘，又一想："今日怎么唯独不见宝玉？要是能见一面，或许他还有办法？"便见宝玉笑嘻嘻地说："妹妹大喜呀！"黛玉听了也顾不得什么了，紧紧拉住他说："好，宝玉，我今日才知你无情无义。"宝玉说："我怎么无情无义？你既有了人家，咱们各自干各自的了。"黛玉越听越气，没了主意，只得拉着宝玉哭说："好哥哥，你叫我跟了谁去？"宝玉说："你要不去，就在这里住着。你原是许了我的，所以你才到我们这里来。我待你是怎么样的？你也想想。"黛玉恍惚又像果曾许过宝玉的，心内忽又转悲作喜，宝玉说："我说叫你住下。你不信，你就瞧瞧我的心。"说着，就拿着一把小刀子往胸口上一划，只见鲜血直流。黛玉吓得魂飞魄散，忙握着宝玉的心窝痛哭说："你怎么做出这个事来，你先来杀了我罢！"宝玉说："我拿我的心给你瞧！"还把手在划开的地方乱抓，突然说："不好了，我的心没了，活不成了。"说着眼睛往上一翻，咕咚就倒了。黛玉拼命放声大哭。只听见紫鹃叫道："姑娘，姑娘，怎么魇（yǎn）住了？"

黛玉一翻身，却原来是一场恶梦。喉间犹是哽咽，心上还是乱跳，枕头上已经湿透，肩背身心，但觉冰冷。紫鹃忙伺候她重新睡下，折腾半夜，正要朦胧睡去，听得竹枝上不知有多少家雀儿叫个不停，那窗上的纸渐渐透进清光来。

黛玉咳嗽起来，紫鹃便醒了，忙起来换痰盒，却见满盒子痰中好些血腥，吓了一跳，不觉失声："嗳哟，这还了得！"黛玉在里面问："是不是盒子里的痰有了什么？"紫鹃道："没有什么。"黛玉听她声音凄楚，又觉得喉间有些甜腥，心中明白了八九分，不由灰了心。

探春、湘云来看她，黛玉想起梦里，心中冰凉："连老太太也是如此，何况她们呢？"便有些厌烦，两人见如此，坐了坐就出来了。忽听外面一个人嚷："小丫头！你是个什么东西，来这园子里头捣乱！"黛玉听了，大叫说："这里住不得了！"一手指着窗外，昏了过去。探春忙出去看，原来是个老婆子在骂一个丫头，忙命她们都出去。回来看时，湘云拉着黛玉哭，紫鹃抱着黛玉揉胸口，探春忙解释说："不过是个婆子骂她外孙女，你是不是疑心了？我把她们骂出去了，姐姐要安心吃药，多想些高兴的事儿，自然会好起来，我们大家依旧结社作诗，你说好不好？"湘云和探春又劝慰良久。

湘云和探春走后，黛玉便又睡去。一会儿袭人来了，见黛玉睡了，便和紫鹃悄悄说："怎么姑娘又病了？宝玉也吓死我了，半夜只说心疼，好像刀子割去了。"正说着，黛玉咳嗽起来，问："宝玉怎么了？"袭人忙说："宝二爷偶然魇住了，也没什么。"

黛玉明白袭人是好意宽慰，便让她不要告诉宝玉自己的病，袭人便去了。

【博闻馆】

古代女子用什么画眉？

宝玉初见黛玉，送她表字"颦颦"，因为她名字中有"黛"，又生得"眉尖若蹙"。后来，大观园里的人都叫她"颦儿"。这里其实提到了古人画眉的事情。

古代女子画眉一般用石黛、石黑、石青、蓼蓝、菘（sōng）蓝等"黛"染料，使用时将这些矿物性原料捣细，用水调和，然后用眉笔描到眉毛上去。后来一种色泽细腻、使用方便的烟墨逐渐流行，淘汰了石黛。至于普通老百姓，多采用柳条烧焦制成的青黑色染料。

清代的烟墨

宴海棠贾母赏花妖

怡红院里的海棠本来枯萎了几棵，也没人去浇灌，忽然有一天，竟然开出很好的海棠花，众人诧异，都争着去看，连贾母、王夫人都来瞧花儿了。李纨、探春、惜春、邢岫烟等都来了，黛玉的病略好了一点儿，也来了，彼此问了好。其他，凤姐因病未来，湘云回家去了，薛家姐妹都回家去了，所以黛玉今日见的只有几个人。

大家说笑了一回，说起这花来，贾母说："这花儿本应三月里开，现在虽是十一月，因节气迟，还算十月，应着小阳春的天气，这花因为和暖而开是有的。"王夫人说："老太太说得有理。"邢夫人说："我听说这花已经枯萎了一年，这时开了，必有个原故。"李纨笑说："老太太与太太说得都有道理。据我猜，一定是宝玉有喜事来了，这花先来报信。"

探春虽不言语，心内想："这花一定不是好兆头。大凡顺者昌，逆者亡，草木知运，不时而发，一定是妖孽。"只是不好说出来。黛玉听说是喜事，心里触动，便说："当初田家有荆树一棵，三个弟兄分了家，那荆树便枯了。后来他弟兄们仍旧在一处，那荆树也就荣了。可知草木也随人的，如今二哥哥认真念书，舅舅高兴，那花就开了。"贾母、王夫人听了高兴，说："林姑娘比方得有理。"

正说着，贾赦、贾政、贾环、贾兰都进来看花。贾赦便

这花儿本应三月里开

说："我说不如砍了，必是花妖作怪。"贾政说："见怪不怪，其怪自败。不用砍，随它去吧。"贾母听了说："谁在这里胡说！人家有喜事好处，什么怪不怪的！若有好事，你们享去；若是不好，我一个人担去。"贾政听了，不敢言语，讪讪地同贾赦等走了出来。

　　这里贾母高兴，叫人传话让厨房预备酒席，大家赏花喝酒，又让宝玉、贾环、贾兰作诗贺喜。李纨便对探春笑说："都是你闹的。"探春说："不叫我们做诗，怎么是我们闹的？"李纨说："海棠社不是你起的？如今那棵海棠也要来入社了。"大家听着都笑了。一会儿摆上酒菜，大家喝着，都要讨老太太的欢心，便说些兴头话。宝玉作好了诗，上来斟了酒，便念给贾母听：

海棠何事忽摧陨（tuí），今日繁花为底开？应是北堂增寿考，一阳旋复占先梅。

贾环也写了来念道：

草木逢春当萌芽，海棠未发候偏差。人间奇事知多少，冬月开花独我家。

贾兰恭楷誊正，呈与贾母，贾母命李纨念道：

烟凝媚色春前萎，霜浥（yì）微红雪后开。莫道此花知识浅，欣荣预佐合欢杯。

贾母听了说："我不大懂诗，听去倒是兰儿的好，环儿做得不好。都上来吃饭吧。"宝玉看见贾母高兴，忽然想起："晴雯死的那年这海棠死的，今日海棠复荣，我们院内这些人自然都好，但晴雯不能复生了。"顿时转喜为悲。忽然又想起有个像晴雯的丫头叫五儿的要补进来，也许此花为她而开，却又转悲为喜，依旧说笑。

一会儿平儿来了，笑说："我们奶奶知道老太太在这里赏花，自己不能来，叫奴才来服侍老太太、太太们，还有两匹红缎送给宝二爷包裹这花，当做贺礼。"贾母笑说："还是凤丫头会办事，叫人看着又体面，又新鲜。"说笑一阵，贾母带着众人出了园子。平儿便私下里对袭人说："奶奶说这花开得奇怪，叫你拿块红绸子挂挂，便应在喜事上去了。以后也不必只管当奇事乱说。"袭人点头答应，送了平儿出去。

不料这日宝玉便把玉丢了，到处找不到，丫鬟们吓得没法，只好告诉了王夫人和凤姐，便派人封锁园子彻底搜查，又是求妙玉扶乩，又是去当铺查询，闹得人心惶惶，那玉还是没有踪影。没想到这玉尚未找到，噩耗传来，元妃病故了，合家悲戚。

 【博闻馆】

"小阳春"是什么时候？

中国在较长时间里，使用的是"夏历"，又称"农历"，把正月作为一年的开始。因四月多寒而十月多暖，故习惯把十月叫"阳月"。从农历的角度来看，十月间仍温暖如春，我国有些地方把这时节的气候叫做"十月小阳春"，具体指的是立冬至小雪节令这段时间，梅蕊绽放，一些果树会二次开花，呈现出好似阳春三月的暖和天气。

林黛玉焚稿断痴情

宝玉失玉之后，顿时没了灵性，整天疯呆，贾母等都十分惊慌，先把他从园子里接到贾母屋中住着，又商议让他和宝钗成亲冲喜，只是瞒着黛玉、宝玉两个。

这天，黛玉去贾母处请安，听见石头后面傻大姐哭，问起来，傻大姐说："老太太和太太、二奶奶商量了，因为老爷要起身，说就赶着找姨太太商量把宝姑娘娶过来，给宝二爷冲喜。我说了一句：'咱们明儿更热闹了，又是宝姑娘，又是宝二奶奶，这可怎么叫呢？'珍珠姐姐就走过来打了我一个嘴巴，说上头不叫提这件事呢，不准我胡说。"

黛玉此时心里竟是油儿酱儿糖儿醋儿倒在一处似的，甜苦酸咸，竟说不上什么味儿来了。停了一会儿，颤巍巍地说："你别胡说了。"说着，那身子竟有千百斤重，两只脚却像踩着棉花一般，早已软了。紫鹃刚才去取绢子，没听见这些话，此时赶上来，只见黛玉脸色雪白，身子恍恍荡荡的，眼睛也直直的，在那里东转西转，赶忙搀扶着她到贾母处。

到了这里，黛玉却又奇怪了，也不软了，自己掀起帘子进来，直进了宝玉的屋子。宝玉在那里坐着，瞅着她嘻嘻地傻笑，黛玉自己坐下，也瞅着宝玉傻笑。忽听黛玉说："宝玉，你为什么病了？"宝玉笑说："我为林姑娘病了。"袭人、紫鹃两个吓得面目改色，紫鹃忙催黛玉："姑娘回家去歇歇罢。"黛玉说："可不是，是该我回去的时候了。"说着，便回身笑着出来了，不用搀扶，走得飞快，又不看路，只管往前走，紫鹃忙搀了她回潇湘馆，眼见着离门口不远了，紫鹃说："阿弥陀佛，总算到了家了！"黛玉听了此话，顿时一口血吐了出来。她知道梦中的事已成真，如今只求速死。

　　有了这样的念头，虽然服药，病也是一天比一天重。此时贾母等忙于宝玉的婚事，因此无人来看望。这天黛玉醒来，便叫雪雁找她的诗稿和那块题诗的旧帕。黛玉接到手里，挣扎着狠命撕那绢子，却只是浑身打颤，哪里撕得动？便叫人端来火盆，又叫挪到炕上来。此时黛玉将团在手中的绢子一扔，又将诗稿一摞，立刻着了火。紫鹃扶着黛玉，不敢动，雪雁也顾不得烧手，忙从火中抓起，却已烧得剩不下多少了。

清代的榉木火盆架

　　那黛玉把眼一闭，往后一仰，紫鹃连忙叫雪雁上来将黛玉扶着放倒，心里突突乱跳。想要叫人时，天又晚了，不叫人吧，又怕出事。好容易熬了一夜，来贾母房中禀告，却没有人。悄悄打听，原来家中另给宝玉收拾了新房，都去那里了。紫鹃又是寒心，又是气愤，哪知道林之孝家的却来找她说："刚才二奶奶和老太太商量了，那边要用紫鹃姑娘使唤呢。"紫鹃气说："林奶奶，人死了我们自然是出去的，哪里用这么……"说到这里又改口说："林姑娘还有气呢，不时要叫我。"

李纨和平儿来瞧黛玉，才做主让雪雁去了，紫鹃无论如何不离开黛玉。眼见着黛玉已然昏晕过去，却心头口中一丝微气不断，到了晚间，却又缓过来了，微微睁开眼，似有要水要汤的光景，紫鹃便端了一盏桂圆汤和的梨汁来喂。李纨见她略好了些，就先回去了。

这里黛玉觉得心里似明似暗，便睁开眼一看，只有紫鹃、奶妈和几个小丫头在那里，便攥了紫鹃的手，使着劲说："妹妹，你是我最知心的人，虽是老太太派你来服侍我，我只当你是我的亲妹妹。我是快死的人了，你服侍我几年，我原指望咱们两个总在一处，不想我……"说着，又喘了一会儿，闭眼休息。紫鹃见她好些了，以为还可以回转，听了这话，心里又寒了半截。半天，黛玉又说："妹妹，我这里并没亲人，我的身子是干净的，你好歹叫他们送我回去。"说到这里，那手渐渐紧了，喘成一处，只是出气大入气小，已经急促得很了。

紫鹃慌了，叫人去请李纨，正巧探春来了，摸了摸黛玉的手已经凉了，连目光也都散了。探春、紫鹃正哭着叫人端水来给黛玉擦洗，李纨赶来了。三个人见了，不及说话，刚擦着，猛听黛玉直声叫道："宝玉，宝玉，你好……"说到"好"字，便浑身冷汗，不作声了。紫鹃等急忙扶住，那汗一出，身子便渐渐冷了。

呜呼，香魂一缕随风散，愁绪三更入梦遥！

黛玉气绝的时候，正是宝玉娶宝钗的这个时辰。紫鹃等都大哭起来，忽听远远一阵音乐之声，侧耳一听，却又没有了。探春、李纨走出院外再听时，唯有竹梢风动，月影移墙，好不凄凉冷淡！

【博闻馆】

什么叫"冲喜"？

因宝玉失玉，犯了严重呆病，家里人便要给他成亲冲喜。什么叫"冲喜"？

冲喜是一种迷信习俗。家中有人病危时，企图通过办喜事来驱除病魔，以求转危为安。双方定亲后，男方突患重病，经双方父母商定，提前择吉日迎娶称"冲喜"。拜堂礼仪依旧，如新郎卧病不起，则由其妹代替新郎拜堂。这种婚配，往往造成女方终身守寡。有时候男孩尚未定亲，也可以马上定一家女孩直接结婚，省略定亲一步。

失通灵宝玉娶宝钗

自从怡红院海棠花开，贾家出了不少祸事，宝玉失玉，元妃死了，不料亲戚家也不太平，先是王夫人之弟王子腾又病逝，乃至薛蟠杀人被捕在狱。贾母、王夫人等着实忧虑。因贾政又被任命为江西粮道，很快要上任，贾母便对他说："昨日我请人算命，竟是要金命的人来帮扶宝玉，冲冲喜才好。我和你媳妇去求姨太太，自然是答应的，宝丫头是个明白人，也不用多虑。按说带孝娶亲，绝对不行，所以也不让他成亲，不过是冲冲喜。挑个日子，鼓乐一概不用，按南边规矩拜堂。也不请亲友，等宝玉好了，脱了丧服，再摆宴席，可好？"

贾政只得应了。薛姨妈那里虽不十分愿意，却也答应了，还想依靠贾府这边帮她处理薛蟠的事。宝钗心中怪母亲糊涂，但身为女儿家，又不好作声。

其实贾母心里还有另一层担心，那就是黛玉。她深知宝玉心中只有黛玉一人，若知道娶了宝钗，岂不是更加糊涂？凤姐便献计说："不如骗宝玉说娶的是黛玉，让他高兴，等过了门，自然就好了。"贾母、王夫人听了，便点头同意，开始准备宝玉的婚礼，又命全家上下都不许让宝玉、黛玉两个知道实情。哪知宝玉听了能娶黛玉为妻，真是顺心顺意，人虽然不像从前灵透，身子却健旺起来了。

过了一阵子，新房收拾好了，诸事也准备妥当了，娶亲的日子也到了。到成亲这天，宝玉只是等不及，叫袭人快快给他穿新衣服，又问："林妹妹从园里来，为什么这么费事，还不来？"袭人忍着笑说："等好时辰。"回来又听见凤姐与王夫人说："虽然有丧服，外头不用鼓乐，咱们南边规矩要拜堂的，冷清清的可不行。我叫了家里学过音乐管过戏子的那些女人来吹打，热闹些。"王夫人点头说："好吧。"

此时大轿从大门进来，家里的乐队迎出去，十二对宫灯排着进来，倒也新鲜雅致。傧（bīn）相请了新人出轿，宝玉见新人蒙着盖头，喜娘披着红扶着，下首扶新人的正是雪雁。宝玉便想："紫鹃为什么不来，倒是她呢？"又想道："对了，雪雁原是她南边家里带来的，紫鹃仍是我们家的。"因此，见了雪雁竟如见了黛玉一般欢喜。于是行礼完毕，送入洞房，还有坐床撒帐等事，都是按金陵旧例。宝玉竟没了疯傻之气，同好人一样，贾政看了也欢喜。

等新人坐了床，宝玉便去揭盖头，喜娘接去，雪雁走开，莺儿等便上来伺候。宝玉睁眼一看，好像宝钗，心里不信，自己一手持灯，一手擦眼，一看，可不是宝钗！只见她盛妆艳服，含羞低头，也不看他。宝玉发了一回怔，又见莺儿立在旁边，不见了雪雁，以为是梦中了。想想，便悄问袭人："坐在那里这一位美人是谁？"袭人忍笑说："是新娶的二奶奶。"宝玉又说："好糊涂，你说二奶奶到底是谁？"袭人说："宝姑娘。"宝玉说："林姑娘呢？"袭人说："老爷做主娶的是宝姑娘，怎么乱说起林姑娘来。"宝玉说："我刚才还看见林姑娘了，还有雪雁呢，怎么说没有？你们这是做什么？"

凤姐便走上来轻轻说："宝姑娘在屋里坐着呢，别瞎说，要是得罪了她，老太太会不高兴的。"宝玉听了，糊涂得更厉害了。本来原有昏愦（kuì）的病，加上今夜神出鬼没，更叫他没了主意，便也不顾别的了，口口声声只要找林妹妹去。贾母等上前安慰，无奈他只是不懂，知道他旧病复发，只得满屋里点起安息香来，停了片刻，宝玉才昏沉睡去。宝钗置若罔闻，也和衣在屋内暂歇。

新婚之夜，便如此草草而过。

【博闻馆】

有关"盖头"

成亲时，宝钗蒙着盖头，宝玉揭开盖头，才知道娶的不是林妹妹，而是宝姐姐。为什么宝钗要蒙盖头呢？原来，古人嫁娶时，是由媒婆介绍的，男女只有进了洞房才见第一面。所以婚礼上，新娘头上都会蒙着一块别致的大红绸缎，被称为红盖头，这块盖头要入洞房时由新郎揭开。

最早的盖头约出现在南北朝时的齐代，当时是妇女避风御寒使用的，仅仅盖住头顶。到唐朝初期，便演变成一种从头披到肩的帷帽，用以遮羞。从后晋到元朝，盖头在民间流行不废，并成为新娘不可缺少的喜庆装饰。为了表示喜庆，新娘的盖头都选用红色的。

盖头是新娘不可缺少的喜庆装饰

骨肉分离探春远嫁

宝玉成亲后，贾母等才顾到黛玉身上，才知黛玉已死，难免悲伤。又顾及宝玉，不知怎么办才好。还是宝钗心里明白，竟将黛玉之死缓缓告知宝玉，宝玉痛极无可再痛，又梦见黛玉回到警幻仙境，反而清醒了一些。因此，大家又放心了一些。

这天，贾政给探春定了亲，说的是浙江镇海统治周家少君。贾母、王夫人听了家世人品，倒也称意，只是觉得离家太远。贾母说："你们愿意倒好，只是三丫头这一去了，不知三年两年能不能回家？若再迟了，恐怕我赶不上再见她一面了。"王夫人忙解劝说："孩子们大了，总要嫁人的，只要孩子们有福气就好。譬如迎姑娘倒配得近呢，日子并不好过。所以我想，老爷既看见过女婿，定然是好才许的。"贾母便说："有她父亲做主，你就料理妥当，挑个吉利的日子送去吧。"王夫人答应着"是"。

宝钗听得明白，也不敢说什么，只是心里叫苦："我们家里姑娘们就算她是个尖儿，如今又要远嫁，眼看着这里的人一天比一天少了。"回来便将这话告诉袭人，袭人心里也不好过。

哪知宝玉听见了，啊呀的一声，哭倒在炕上。吓得宝钗、袭人都来扶起说："怎么了？"宝玉早哭得说不出话来，好久才哽咽说："这日子没法过了！姐妹们都一个一个地散了！林妹妹是成了仙去了。大姐姐呢，已经死了，这也罢了，没天天在一块。二姐姐呢，碰着了一个混帐。三妹妹又要远嫁，不能再见面了。史妹妹又不知要到哪里去，薛妹妹是有了人家的。这些姐姐妹妹，难道一个都不留在家里，单留我做什么！”

宝钗听了，便问他：“按你的意思，要这些姐妹都在家里陪你到老？你以为天下只有你爱姐姐妹妹呢！大凡人念书，原本是为了明理，怎么你越来越糊涂了。干脆我同袭人也一边儿去，让你把姐姐妹妹们都邀了来守着你。”宝玉听了，两只手拉住宝钗、袭人说：“我也知道。只是为什么散得这么早呢？等我化了灰再散也不迟。”袭人便慢慢劝解，宝钗又让人拿定心丸给宝玉吃了。

袭人便想跟探春说，让她临行不必来辞。宝钗说：“这怕什么，等消停几日，待他心里明白，还要叫他们多说几句话呢。三姑娘是极明白的人，不像那些假惺惺的人，一定会有一番劝说。”

探春因是远嫁，不备嫁妆，但所有动用之物都要预备。贾母便让凤姐去料理，到了日子，一切准备妥当。临行前日，王夫人又命宝钗去劝解开导，因见宝玉哭得不行，又要宝钗再劝宝玉。宝钗答应下来。

幸好探春心中明白，并不要宝钗如何劝解开导。等到了临行之日，探春将要起身，又来辞别宝玉。宝玉自然难舍难分，探春反而来劝宝玉，将纲常大体的话，说得宝玉始而低头不语，后来转悲为喜，似有醒悟之意。于是探春放心，辞别众人，上轿启程。

【博闻馆】

三纲五常

探春远嫁，宝玉不舍，探春反过来要安慰宝玉，说些"纲常大体"的话。

探春是个识大体的人，她说的"纲常"是指"三纲五常"，是封建社会的道德关系和行为准则。具体说来，"三纲"是指"君为臣纲，父为子纲，夫为妻纲"，要求为臣、为子、为妻的必须绝对服从于君、父、夫，同时也要求君、父、夫为臣、子、妻作出表率。它反映了封建社会中君臣、父子、夫妇之间的一种特殊的道德关系。"五常"即仁、义、礼、智、信，是用以调整、规范君臣、父子、兄弟、夫妇、朋友等人伦关系的行为准则。

富贵无常贾府抄家

贾政虽然被任命为江西粮道，并没有什么建树，反而被降调回来。这日正请了亲朋过来吃酒，西平王爷和锦衣府堂官赵老爷带领官员来到贾府，奉旨查看贾赦的家产。

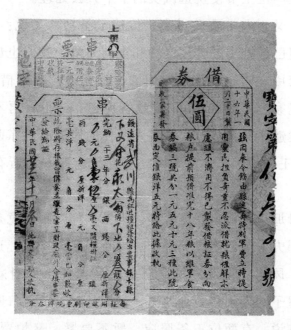

民国时期的借券

圣旨又指贾赦"交通外官，依势凌弱"，命革去世职，当场拿下，其余亲友自便，贾府人则全都看守起来。赵堂官便传令按房抄查登账，西平王便说："既然圣旨说要查看的是贾赦家产，那荣府就不必了吧？"赵堂官站起来说："回王爷：贾赦、贾政并未分家，听说他侄儿贾琏现在承总管家，不能不尽行查抄。"这边说着，那边锦衣司官已经回报："在内查出御用衣裙和许多禁用之物。"一会儿又有人回报："东跨所抄出两箱房地契和一箱借票，都是违法取利的。"老赵便说："好个重利盘剥！全部查抄！"

正说着，北静王遵旨来了，宣圣旨说，只提贾赦候审，其他的事都交给西平王处理。老赵不得不遵旨带着贾赦回衙门，这里两位王爷便挑选诚实的手下人去处理。

二王又叫人带贾政过来，传达了圣旨，又说："政老，方才老赵已经查出的禁用之物和重利欠票，我们也难帮你掩饰。这禁用之物原本是贵妃用的，倒无碍；只是借券难说。另外赦老家产不要隐藏。"贾政答应道："犯官再不敢。但犯官祖父遗产并未分过，唯各人所住的房屋有的东西便为己有。"二王便说："这也无妨，就将赦老那一边所有的交出来吧。"

贾母那边女眷也在摆家宴，听见一阵吵嚷，竟是抄家的来了。邢夫人等俱魂飞天外，贾母吓得涕泪交流，连话也说不出来，凤姐先前圆睁两眼听着，后来便一仰身栽倒在地下。一屋子的人闹得天翻地覆，正慌乱时，贾琏气喘吁吁地跑来报信说，有两位王爷照应，暂不要紧。又怕贾母担心，便不说贾赦被抓，先出来照料自己屋里。

一进屋门，只见箱开柜破，物件抢得半空，此时急得两眼淌泪。那里贾政同司员登记物件，贾琏听了，并没有报他的东西，心里正在疑惑。只听两家王爷问贾政说："所抄家资内有借券，实系盘剥，究竟是谁做的？"贾政听了，跪说：

"实在犯官不理家务，这些事全不知道。问犯官侄儿贾琏才知。"贾琏忙跪下禀告说："这一箱文书既是在奴才屋内抄出来的，敢说不知道么。只求王爷开恩，奴才叔叔并不知道的。"两王说："你父已经获罪，只可并案办理，你承认了也是正理。"于是叫人将贾琏看守。

此时贾政魂魄方定，忙来贾母房中，一路只见乱糟糟的，人人泪痕满面。见贾政回来，贾母众人才略略定神。大家都不敢走散，只有邢夫人回到自己那边，见大门封锁，丫头婆子也锁在几间屋内。邢夫人无处可走，放声大哭，仍走到贾母那边，见眼前都是贾政的人，自己夫子被拘，媳妇病危，女儿受苦，现在又身无所归，哪里受得了？王夫人忙派人服侍邢夫人，又另收拾了房屋出来。

外面薛蝌传消息说，除了贾珍引诱世家子弟赌博之事，还有一款是强占良家妇女的罪名，还拉出一个张华来。另有消息称，李御史参奏平安州奉承贾赦，迎合上司，虐害百姓，好几大款。贾政急得顿足。

查问得知，那放账取利的事是凤姐所为，贾政很不高兴。但凤姐现在病重，家产也被抄抢一光，又不好说什么。贾琏也是一肚子委屈，见凤姐奄奄一息，虽不好说她，但也不再理睬她。凤姐一生要强，却落得这个下场，只想死了完事，幸好平儿守在她身边，时时宽慰。

贾政便查点家产用人，算起帐来，才知这些年花费过大，早就入不敷出，如今这个家是真的败了，连从头俭省也来不及了！一天正在书房筹算，又有人来报，叫贾政到内廷问话。

贾政不知吉凶，忙去见了枢密院各位大人，又见了各位王爷。北静王方遵旨问话，并告知他，事情已经查清楚了，贾赦各种罪名加身，本该重治，但圣上念旧开恩，只是革去他的世职，派往海疆台站效力赎罪。贾蓉年幼无知，贾琏释放。贾政在外任多年，居官还算勤慎，仍任工部员外。

贾政知道二王说情才从宽发落，不胜感激，拜谢回家，将事情细细告知贾母，贾母又是放心，又是悲伤。贾政知道家已经败了，迟早要露出来，只能明告诉贾母。贾母方知今后家里生活都成了问题，更加忧虑。

正忧虑间，只见贾赦、贾珍、贾蓉一齐进来给贾母请安。贾母看这般光景，一只手拉着贾赦，一只手拉着贾珍，便大哭起来。

【博闻馆】

"台站"是哪里？

贾赦获罪，最后被发往台站效力，那么"台站"是哪里？

原来，台站是指传达公文、递送人犯的站点，战时为兵差转运点。清代在长城一带及东北地区设有台站。这里当指"军台"，即清代设置在新疆、蒙古一代的驿站，专管西北两路军报和文书的递送。"效力"在这里是指从事驿递方面的劳役，并依定额按月交纳台费，三年期满，请旨释还。

明大义贾母散余资

却说贾母听到家中艰难，已无多余的钱过活，便叫邢王两位夫人和鸳鸯等，开箱倒笼，将自己做媳妇到如今积攒的东西都拿出来，又叫贾赦、贾政、贾珍等来，一一分派说："这里现有的银子，交贾赦三千两，拿二千两去做盘费，留一千给大太太；这三千给珍儿，你只许拿一千去，留下二千交你媳妇过日子。大家仍旧各自度日，房子住一处，饭食各自吃罢。四丫头将来的亲事还是我的事。只可怜凤丫头操心了一辈子，如今弄得精光，也给她三千两，自己收着，不许叫琏儿用，如今她还病着，叫平儿来拿去。这是你们祖父留下来的衣服，还有我少年的衣服首饰，男的呢，叫大老爷、珍儿、琏儿、蓉儿拿去分了，女的呢、叫大太太、珍儿媳妇、凤丫头拿了分去。这五百两银子交给琏儿，明年将林丫头的棺材送回南方去。"

清代红木钱箱

分派定了，又叫贾政："你说现在还欠着别人的钱，你叫人拿这金子变卖了偿还。宝玉已经成了家，这些金银等物，大约还值几千两银子，都给宝玉了。珠儿媳妇向来孝顺我，兰儿也好，我也分给他们些。我的事情就做完了。"

贾政见母亲如此明断，跪下哭说："老太太这么大年纪，儿孙们不孝顺，承受老祖宗这样恩典，叫儿孙们更无地自容了！"贾母说："别瞎说，若不闹出这个乱儿，我还收着呢。现在家人过多，只有二老爷是当差的，留几个人就够了。你就吩咐管事的人，分派妥当，各家有人就行了。我们里头的，也要叫人分派，该配人的配人，赏去的赏去，如今虽说咱们这房子还在，你到底把这园子交了才好。那些田地交给琏儿清理，该卖的卖，该留的留。我索性告诉你吧，江南甄家还有几两银子在二太太那里收着，送还给人家吧，如果再有点事出来，他们不是'躲过了风暴又遇了雨'吗？"

贾政一一领命，心想："老太太实在是理家的人，都是我们这些不长进的儿孙闹坏了。"贾母又说："我所剩的东西也有限，等我死了处理后事的时候用，剩下的都给服侍我的丫头。"贾政等听到这里，更加伤感，大家跪下："请老太太宽怀，只愿儿子们托老太太的福，兢兢业业地治起家来，以赎前罪，奉养老太太到一百岁的时候。"贾母说："但愿这样才好，我死了也好见祖宗！你们别以为我是享得富贵受不得贫穷的人，不过是这几年看你们风光，我才说说笑笑养身子罢了，哪知道家运一败如此！若说外头好看里头空虚，是我早知道的了，只是'居移气，养移体'，一时下不了台。如今借此正好收敛，守住这个门面，不然叫人笑话。"

正说着，丰儿来说凤姐不好了，贾母便起身说："唉，这些冤家竟要磨死我了！"说着，叫人扶着，亲自去看，又说："我带了好些东西给你。"凤姐本是贪得无厌的人，如今财物全被抄尽，本是愁苦，又怕人埋怨，痛不欲生，不料贾母仍旧疼她，王夫人也没责怪，又想贾琏无事，放心了好多，便在枕上向贾母磕头，反而宽慰了贾母几句。

贾赦等人虽减罪了，但毕竟也是生离死别，各自找媳妇道烦恼离别，哭哭啼啼，终于只能硬着心肠忍受了。到离京之日，贾政带着宝玉去送，又叮咛了好些"国家轸恤 (zhěn xù) 勋臣，力图报称"的话，才挥泪而别。

这里贾政带了宝玉回家，忽听喜讯：圣上让贾政承袭荣国公世职。一家虽然悲伤，听到此讯，又都宽慰了许多。

【博闻馆】

什么叫"世袭"？

贾赦、贾珍犯事，被革了世袭的官位，那么什么叫世袭？

世袭是古代爵位、官职的一种传承制，指一个职位或权力世代沿用。这种世袭的次数理论上是无限的，直到改朝换代或占据这个爵位或官职的家族在政治斗争中失败为止。

清制，有世袭罔替不减等（如亲王、郡王的爵位可由其子孙承袭原有封号）和降袭（如贝勒、贝子、公之类，其子孙承袭的封号比其祖先要依次降一等）两种情况。

中乡魁宝玉却尘缘

贾府被抄之后，不祥的事接二连三地发生：贾母寿终，鸳鸯自杀，迎春夭折，湘云寡居，凤姐病死，惜春出家……悲凉之雾，遍布华林。宝玉的玉却失而复得了，竟再次去那警幻仙境一游，重新翻看那薄命司的册子，终于明白了自己的今生前世。

醒来之后，将那尘世看破，反而静下来面对家族在他身上寄托的希望：考场高中，家道复兴。于是他天天用起功来，又与贾兰经常谈讲功课，袭人闻所未闻，只觉这是意外之喜，倒是宝钗虽然高兴，只是见他改得太好太快了，反而有些不相信。

日子一天天过去，再过几天便要考试了。宝钗因为担心，便带着丫头将宝玉、贾兰要用的东西都准备妥当，一一过目，又同李纨回禀了王夫人，选出家里老成管事的人多派了几个，只说怕人马拥挤碰了宝玉两个。

这天宝玉、贾兰换了半新不旧的衣服，欣然来见王夫人。王夫人嘱咐说："你们爷儿两个都是初次下场，活了这么大，并没有离开我一天，就是不在我眼前，也是丫鬟媳妇们围着，何曾自己孤身睡过一夜？这次自己要保重，做完了文章就早些回家，好让我们放心。"贾兰听一句答应一句，只见宝玉先不做声，待王夫人说完了，走过来跪下，满眼流泪，磕了三个头说："母亲生我一世，我也无可报答，只有好好中个举人出来，儿子一辈子的不好，也都遮过去了。"
王夫人听了更加伤心："你有这个心自然是好的，可惜老太
太看不见了。"

李纨忙来劝解，又叫人来搀起宝玉，宝玉起来给李纨作
揖说："嫂子放心，我们爷儿两个都是必中的，日后兰哥还
有大出息，大嫂子还要戴凤冠穿霞帔呢。"李纨笑说："但
愿应了叔叔的话，也不枉……"说到这里，恐怕又惹起王夫
人的伤心来，连忙咽住了。

"日后兰哥还有大出息，大嫂子还要戴凤冠穿霞帔呢。"

此时宝钗听得早已呆了，这些话不但宝玉，便是王夫人
和李纨所说，句句都是不祥之兆，却又不敢认真。却见宝玉
走到跟前，深深地作了一个揖，众人见他行事古怪，也不
懂，只见宝钗的眼泪直流下来，众人更是纳罕。宝玉边说：

"姐姐，我要走了，你好生跟着太太听我的喜信儿罢。"宝钗说："是时候了，你不必唠叨。"宝玉说："你倒催得紧，我自己也知道该走了。"回头见众人都在这里，只没有惜春、紫鹃，便说："四妹妹和紫鹃姐姐跟前替我说一句罢，只不过是再见就完了。"众人见他的话又像有理，又像疯话，便说："外面有人等你呢，别误了时辰了！"宝玉仰面大笑："走了，走了！不用胡闹了，完了事了！"众人也都笑说："快走罢！"独有王夫人和宝钗两人如生离死别的一般，那眼泪也不知从哪里来的，直流下来，几乎失声哭出。但见宝玉嘻天哈地，大有疯傻之状，从此出门走了。

好不容易到了出场日期，只不见宝玉两个回来，王夫人等打发人到处打听，都不见踪影，到傍晚时，贾兰一个人回来了，却说宝玉丢了，再寻不到。

王夫人、宝钗等痛哭不已，全家到处再寻找，又有各亲戚都来请安问信，却解不得忧愁。直到探春到京，才让王夫人略好受点，从此上上下下的人，无昼无夜专等宝玉的信。

那一夜五更多天，有人报喜说，宝玉中了第七名举人，贾兰中了一百三十名。圣上高兴，大赦天下，不仅免了贾赦、贾珍的罪，而且还让贾珍袭了宁国三等世职，又下旨让五营各衙门用心寻访宝玉。贾府的人终于高兴起来，相互庆贺。

只是宝玉再也没有回来。

【博闻馆】

明明是中举，为什么说是中"乡魁"？

宝玉中了第七名举人，为什么叫中"乡魁"呢？原来，明代科举考试分五经取士，每经各取一名为首，称为"经魁"。乡试中每科必于五经中各中一名，列位前五名，清代习惯上沿称前五名为"五经魁"或"五魁"，而称第六名至第十名为"乡魁"。

返大荒归结红楼梦

贾政扶贾母灵柩（jiù），贾蓉送了秦氏、凤姐、鸳鸯的棺木，到金陵安葬。贾蓉自送黛玉的灵柩也去安葬。这天接到家书，贾政知道宝玉、贾兰得中，宝玉失踪，真是高兴了又烦恼，只得赶忙回来。

一天，乍寒下雪，贾政的船泊在一个清静地方。贾政正在船中写家书，抬头忽见船头上微微的雪影里面一个人，光着头，赤着脚，身上披着一领大红猩猩毡的斗篷，向贾政倒身下拜，拜了四拜才站起来，贾政一看，却是宝玉！贾政大吃一惊，忙问："是宝玉么？"那人却不说话，似喜似悲，突然来了一僧一道夹住宝玉说："俗缘已毕，还不快走。"说着，三个人飘然登岸而去。贾政不顾地滑，急忙来赶，哪里赶得上？只听见他们三人口中不知是哪个唱道：

我所居兮，青埂之峰；我所游兮，鸿蒙太空。谁与我逝兮，吾谁与从？渺渺茫茫兮，归彼大荒。

贾政赶得心虚气喘，三人却忽然不见了。他还想往前走，只见白茫茫一片旷野，并无一人。贾政觉得古怪，只得回来。见了众家人，贾政叹说："那宝玉生来口中衔玉，十分古怪，我早知不祥，只因为老太太疼爱，所以养育成人。便是那和尚道士，我也见了三次：头一次是那僧道来说玉的好处；第二次宝玉病重，他们来了将那玉持诵一番，宝玉便好了；第三次是送那玉来。我原以为宝玉有高僧仙道护佑，却原来他是下凡历劫的，竟哄了老太太十九年！你看宝玉何尝肯念书，他若略一经心，无有不能的，脾气也是古怪！"
众人忙将"兰哥得中，家道复兴"的话劝解一番，贾政仍
旧写家书，把这事写上，劝谕家人不必想念了。

王夫人等收到来信，失声痛哭，王夫人、宝钗、袭人等
更甚，幸而宝钗已经有孕，贾兰又有出息，便只能往好处去
想，希望家道从此兴旺起来。

却说石头尘缘已满，那僧道便携了它仍到青埂峰下，将
它安放在原地，各自云游而去。

这一日空空道人又从青埂峰前经过，见那补天未用之石仍
在，上面字迹依然如旧，又从头细细看了一遍，见后面又历叙
了许多收缘结果的话头，便点头叹说："石兄下凡一次，磨出光
明，修成圆觉，可说没什么遗憾了。只怕年深日久，字迹模糊
了，不如我再抄录一番，寻个世上无事的人，托他传遍。"

如此想来，便抄了带去那繁盛之地，遍寻了一番。所见
不是建功立业之人，便是忙于糊口的人，哪有这闲情？直寻
到急流津觉迷度口，草庵中睡着一个人，想他必是闲人，便
要将这抄录的《石头记》给他看看。哪知那人怎么也叫不
醒，空空道人使劲拉他，才慢慢睁眼坐起，草草一看，掷下
说："这事我早已亲见尽知，我指个人给你，托他传去，便
可归结这个故事了。"空空道人忙问是什么人，那人说：
"你须待某年某月某日到一个悼红轩中，有个曹雪芹先生，
只说贾雨村言，托他如此如此。"说完，仍旧睡下了。

那空空道人牢牢记着这话，又不知过了多少年，果然有
个悼红轩，见那曹雪芹先生正在翻阅历来的古史。空空道人
便告知此事，雪芹先生笑说："果然是'贾雨村言'了！"
空空道人不解，曹雪芹先生笑说："果然是空空道人，肚里

果然空空，既是'假语村言'，乐得与志同道合的人一起谈论，何必刨根问底？"那空空道人听了，仰天大笑："果然是荒唐！不但作者不知，抄者不知，连读的人也不知。不过游戏笔墨，陶冶性情而已！"掷下抄本，飘然而去。

后人见了这本奇传，便题了四句话：

说到辛酸处，荒唐愈可悲。由来同一梦，休笑世人痴！

位于北京植物园的曹雪芹像

【博闻馆】

为什么宝玉"拜了四拜"？

宝玉与父亲告别，并无一言，却"拜了四拜"，这是什么道理？

原来，古代行礼的等级大致可以分为：三跪九叩、三跪三叩、三跪三拜、八拜、四拜、二拜，这些都是正规场合或举行大典或朝廷礼仪时用到的。而其他情况，只分：稽首、叩首、顿首、空手、作揖、拱手、颔首（答礼）。在常礼中，也可以用到这些八拜四拜的。一般正规场合和对待其他长辈都是四拜。宝玉在这里"拜了四拜"，是对父亲尽最后的礼。

附录

《红楼梦》：一部读不完的书

有人说，没有哭过长夜的人，不可谈论人生。也有人说，没有读过《红楼梦》的人，就不算读过中国小说。的确，《红楼梦》在思想上、艺术上都取得了辉煌成就，代表着中国古典小说艺术的最高成就，可以说是一部不可不读又读不完的书。

《红楼梦》成书于1784年（清乾隆四十九年），原名有《石头记》《情僧录》《风月宝鉴》《金陵十二钗》等，是一部章回体长篇小说，也是中国古代四大名著之一。据考证，一般认为全书的前80回是曹雪芹所著，后40回则是无名氏续写，程伟元、高鹗整理。2010年人民文学出版社新版《红楼梦》署名"曹雪芹著、无名氏续"，标志着一度十分流行的"高鹗续书说"已被抛弃。

小说以荣国府的日常生活为中心，以宝玉、黛玉、宝钗的爱情婚姻悲剧及大家庭中的点滴琐事为主线，以贾、史、王、薛四大家族由鼎盛走向衰亡的历史为暗线，揭示了穷途末路的封建社会终将走向灭亡的必然趋势。全书展现了曲折隐晦的表现手法、凄凉深切的情感格调、强烈高远的思想底蕴，在我国古代民俗、封建制度、社会图景、建筑金石等各个领域都有不可替代的研究价值，达到我国古典小说创作艺术的高峰，被誉为"中国封建社会的百科全书"。

《红楼梦》塑造了贾宝玉、林黛玉、薛宝钗、王熙凤等大量生动的人物形象。宝玉始终站在封建主义精神道德之外，怕读圣贤书，不喜欢经济之学和应酬，身上既有贵公子的纨绔习气，又有反封建的叛逆性。他尊重女性，尊重个性，追寻自由，是一位贵族家庭乃至封建制度的叛逆典型。黛玉是一位冰清玉洁、孤高自许、多愁善感的贵族小姐，她视爱情如同生命，但她的爱情却因不容于贵族家庭而被摧毁。宝钗是一位通达务实、才华出众又时时维护封建礼教的标准淑女，她成为自己极力维护的封建制度的牺牲品。

《红楼梦》写人的技巧达到了炉火纯青的地步，所描写的人物都栩栩如生，个性鲜明，具有多重性格，打破了以往小说写人类型化的特征。不仅主要人物具有鲜活的艺术生命，即使是偶尔出现的小人物，也都有身份个性，令人无法忽略。

作者塑造人物形象的主要手法有：在广阔的社会背景上，以精雕细刻的笔法，塑造不同的人物形象；注意人物的个性化特征，心理描写具体而简洁；把人物放在特定的艺术气氛里，烘托人物的内心情绪。表面看来都是平常的生活琐事，但能够以小见大，见微知著，反映生活的本质，具有丰富深刻的社会意义。

关于红楼梦旨意思想的研究历来众说纷纭，鲁迅将其定义为"人情小说"，《脂砚斋重评石头记》甲戌本《凡例》中说："此书只是着意于闺中，故叙闺中之事切，略涉于外事者则简。"王国维《红楼梦评论》："《红楼梦》一书与一切喜剧相反，彻头彻尾之悲剧也。"胡适《红楼梦考证》："《红楼梦》这部书是曹雪芹的自叙传。"蔡元培《红楼梦索隐》："揭清之失，悼明之亡。"这些观点代表了不同流派的研究，这些研究有个共同的名字叫"红学"。

所谓红学，就是研究《红楼梦》的学问。红学包括曹学、版本学、探佚学、脂学，而这一切又都可以归结为对《红楼梦》的文本和作者的研究和考证。

红学的出现几乎与《红楼梦》的出现是同步的。也就是说，《红楼梦》尚未完成，红学就出现了。脂砚斋所作的评语，就是在《红楼梦》的创作过程中完成的。脂评牵涉到《红楼梦》的思想、艺术、作者家世、素材来源、人物评价，是标准的而且十分可贵的红学资料。

由一本书衍生出二百年的学术研究，真是绝无仅有的现象。这个现象告诉我们，《红楼梦》的广博和深厚，使得没有人敢说自己完全读懂了它。许多读者在一生中一读再读，因为，随着年龄和阅历的增长，他们对于《红楼梦》就会有新的理解，每一次阅读都能使他们获得新的发现，就好像是在读一部新书一样。

《红楼梦》是一部具有高度思想性和高度艺术性的伟大作品，作者具有初步的民主主义思想，他对现实社会、宫廷、官场的黑暗，封建贵族阶级及其家庭的腐朽，封建的科举、婚姻、奴婢、等级制度以及社会统治思想等都进行了深刻的批判，并且提出了朦胧的、带有初步民主主义性质的理想和主张。

《红楼梦》家谱

宁府

一代：贾演，宁国公。

二代：贾代化，贾演之子，袭宁国公。

三代：贾敬，贾代化之子，袭宁国公。

四代：贾珍，贾敬之子，袭宁国公，妻尤氏。

贾惜春，贾敬的女儿，贾珍的胞妹。

五代：贾蓉，贾珍长子，江南应天府江宁县监生，妻秦
可卿。

荣府

一代：贾源，荣国公。

二代：贾代善，贾源之子，袭荣国公，妻史家小姐，即
贾母（其外孙女史湘云）。

三代：贾赦，贾代善的长子，袭荣国公，妻邢夫人。

贾政，贾代善的次子，妻王夫人（其妹妹薛姨
妈，其子薛蟠、女薛宝钗）。

贾敏，贾代善的女儿，夫林如海，其女林黛玉。

四代：贾琏，贾赦的长子，妻王熙凤（王夫人的内侄
女）。

贾琮，贾赦的儿子，年幼。

贾迎春，贾赦的女儿。

贾元春，贾政之女，入宫任女史，后晋封为凤藻宫尚书，加封贤德妃。

贾珠，贾政长子，早亡，留一子贾兰，妻李纨。

贾宝玉，贾政次子。

贾环：贾政之子，庶出，母赵姨娘。

贾探春：贾政的女儿，庶出，母赵姨娘。

五代：贾兰，贾珠之子。

贾巧姐，贾琏之女。

金陵十二钗正册十二人

林黛玉、薛宝钗

画：两株枯木，木上悬着一围玉带；又有一堆雪，雪下一股金簪。

判词：可叹停机德，堪怜咏絮才。玉带林中挂，金簪雪里埋。

贾元春

画：一张弓，弓上挂一香橼。

判词：二十年来辨是非，榴花开处照宫闱；三春怎及初春景，虎兔相逢大梦归。

贾探春

画：两人放风筝，一片大海，一只大船，船中有一女子掩面泣涕之状。

判词：才自清明志自高，生于末世运偏消；清明涕送江边望，千里东风一梦遥。

史湘云

画：几缕飞云，一湾逝水。

判词：富贵又何为，襁褓之间父母违；展眼吊斜辉，湘江水逝楚云飞。

妙玉

画：一块美玉，落在泥垢之中。

判词：欲洁何曾洁，云空未必空；可怜金玉质，终陷淖泥中。

贾迎春

画：一个恶狼，追扑一美女，欲啖之意。

判词：子系中山狼，得志便猖狂；金闺花柳质，一载赴黄粱。

贾惜春

画：一座古庙，里面有一美人。在内独坐看经。

判词：勘破三春景不长，缁衣顿改昔年妆；可怜绣户侯门女，独卧青灯古佛旁。

王熙凤

画：一片冰山，山上有一只雌凤。

判词：凡鸟偏从末世来，都知爱慕此生才；一从二令三人木，哭向金陵事更哀。

贾巧姐

画：一座荒村野店，有一美人在那里纺织。

判词：势败休云贵，家亡莫论亲；偶因济刘氏，巧得遇恩人。

李纨

画：一盆茂兰，旁有一位凤冠霞帔的美人。

判词：桃李春风结子完，到头谁似一盆兰；如冰水好空相妒，枉与他人作笑谈。

秦可卿

画：一座高楼，上有一美人悬梁自尽。

判词：情天情海幻情身，情既相逢必主淫；漫言不肖皆荣出，造衅开端实在宁。